HEYNE ‹

W0053700

Von Peter V. Brett sind im
WILHELM HEYNE VERLAG
erschienen:

Das Lied der Dunkelheit
Das Flüstern der Nacht
Der große Basar
Die Flammen der Dämmerung

PETER V. BRETT

Der große Basar

Erzählungen aus der Welt des
Fantasy-Bestsellers
»Das Lied der Dunkelheit«

Deutsche Erstausgabe

WILHELM HEYNE VERLAG
MÜNCHEN

Titel der amerikanischen Originalausgabe

THE GREAT BAZAAR AND OTHER STORIES

Deutsche Übersetzung von Ingrid Herrmann-Nytko

Verlagsgruppe Random House FSC® N001967
Das für dieses Buch verwendete
FSC®-zertifizierte Papier *Holmen Book Cream*
liefert Holmen Paper, Hallstavik, Schweden.

4. Auflage

Deutsche Erstausgabe 05/2010
Redaktion: Charlotte Lungstrass
Copyright © 2009 by Peter V. Brett
Copyright © 2010
der deutschen Ausgabe und der Übersetzung
by Wilhelm Heyne Verlag, München,
in der Verlagsgruppe Random House GmbH
Printed in Germany 2013
Illustrationen: Andreas Hancock (Grafiken),
Lauren Cannon (Siegel)
Karte: Andreas Hancock
Umschlaggestaltung: Nele Schütz Design, München
Satz: C. Schaber Datentechnik, Wels
Druck und Bindung: GGP Media GmbH, Pößneck

ISBN: 978-3-453-52708-9

www.heyne-magische-bestseller.de

Inhalt

Einführung

Das Schreiben eines Romans ist für den Autor auch immer ein Lernprozess, und in dieser Hinsicht bildete *Das Lied der Dunkelheit* keine Ausnahme. Ich empfand es als eine echte Herausforderung, die Geschichte voranzutreiben und gleichzeitig eine Dramatik zu erzeugen, die den Leser auf die Folter spannt, was auf der nächsten Seite passiert. Immerhin umfasst das Buch annähernd achthundert Seiten, und die Handlung vollzieht sich über einen Zeitraum von vierzehn Jahren, wobei die Schicksalswege dreier verschiedener Menschen geschildert werden. Ein Teil dieses Lernprozesses bestand darin, zu entscheiden, welche Szenen, die ich bereits geschrieben hatte (und die mir gefielen), zum Vorteil des Gesamtwerks wieder gestrichen werden sollten. Noch wichtiger war, vorauszuschauen und bestimmte Szenen gar nicht erst zu entwerfen.

In diese Kategorie fällt die Geschichte *Der große Basar*. Vom Konzept her gehört sie zwischen Kapitel sechzehn und siebzehn des Buchs *Das Lied der Dunkelheit*, denn hier klafft im zeitlichen Ablauf eine Lücke von drei Jahren, in denen Arlen als Kurier die Freien Städte bereist.

In Arlens Leben war dies eine aufregende Zeit voller Abenteuer und ein ergiebiger Quell für Kurzgeschichten, in denen erzählt wird, wie er von einer Stadt zur anderen reist und mit den unterschiedlichsten Leuten in Berührung kommt, die sich hinter den Schutzsiegeln verschanzen.

Wie Caine in *Kung Fu*.

Ich habe massenhaft Ideen für Geschichten, die innerhalb dieser drei Jahre spielen, aber aus Platzgründen konnte ich sie nicht alle in dem Roman *Das Lied der Dunkelheit* unterbringen. Doch selbst wenn es möglich gewesen wäre, hätte dies die Geradlinigkeit, mit der Arlen auf sein Schicksal zusteuert, gewaltig gestört und diesem Handlungsstrang den Schwung genommen. Deshalb beschloss ich, keine nebensächlichen Episoden einzufügen, sondern sie mir für später aufzuheben. Stattdessen versetzte ich Arlen zu Beginn des siebzehnten Kapitels (Ruinen) an das Ende einer langen Reihe von Abenteuern, die für den Leser flüchtig angedeutet werden, aufzeigen, wie er zu dem Mann heranreifte, zu dem er mittlerweile geworden ist, und darin gipfeln, dass er die verlorene Stadt Anochs Sonne entdeckt, ein Ereignis, das den nächsten entscheidenden Wendepunkt in seinem Leben darstellt.

Einige dieser Abenteuer werden in künftigen Romanen auftauchen, doch die Geschichte, wie Arlen tatsächlich die verlorene Stadt findet, war zu umfangreich und in sich zu geschlossen, um in einen Roman hineinzupassen, und ich freue mich, sie an dieser Stelle präsentieren zu können.

Der große Basar enthält alles, was mir an Arlen so sehr gefällt, und rückt eine meiner liebsten Nebenfiguren in den Vordergrund, Abban den *khaffit*, dessen eigene Sichtweise hier zum ersten Mal zum Tragen kommt. Ob Sie nun ein neuer Leser sind, der in Arlens Welt eingeführt werden möchte, oder ein Fan der Serie – ich glaube, dass Sie diese Lektüre genießen werden.

Die zweite Erzählung in diesem Band, *Brayans Gold*, handelt davon, wie Arlen zum ersten Mal ganz auf sich allein gestellt als Kurier unterwegs ist, um eine gefährliche Fracht ins Hochgebirge zu befördern. Diese Geschichte erwuchs aus einer knappen, lässigen Bemerkung, die Arlen in *Der große Basar* von sich gibt. Ursprünglich sollte es lediglich eine hingeworfene Aussage sein, ohne größere Bedeutung, aber die Vorstellung von Schneedämonen und ihren Eigenschaften ließ mich einfach nicht los und kreiste solange in meinem Kopf, bis ich dafür sorgte, dass dem armen Arlen vor Kälte die Zähne klapperten.

PETER V. BRETT
Dezember 2009

Der große Basar

328 NR

Die Wüste zitterte unter der Hitze. Wie ein schweres Gewicht lasteten die grellen Sonnenstrahlen auf dem Land, und Arlen ertappte sich dabei, wie er sich vornüberbeugte, als gäben seine Schultern unter dieser Bürde nach.

Er ritt durch die Randgebiete der krasianischen Wüste, und so weit das Auge reichte, erstreckte sich in jede Himmelsrichtung nichts als die trostlose Ebene mit ihrem ausgedorrten, von Rissen durchzogenen Lehmboden. Nirgendwo gab es etwas, das Schatten spenden oder wovon die grausame Hitze abprallen konnte.

Kein Mensch, der bei Verstand ist, hat einen Grund, hier herumzuwandern, schalt sich Arlen, der dennoch seinen Rücken straffte, um der Sonne zu trot-

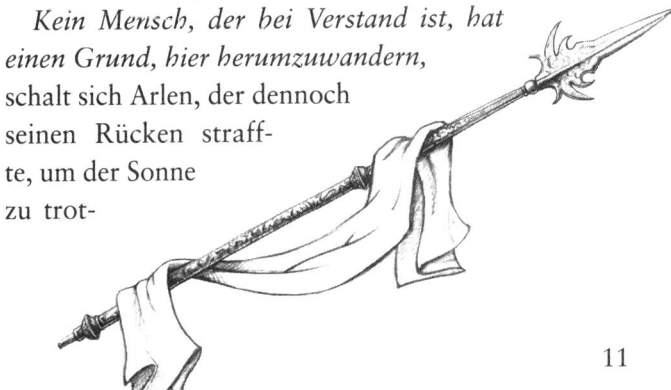

zen. Über seiner Kleidung trug er ein dünnes weißes Gewand, die Kapuze tief in die Stirn gezogen, und Mund und Nase hatte er mit einem Schleier verhüllt. Der Stoff warf ein wenig von dem gleißenden Licht zurück, bot jedoch nur einen geringen Schutz. Sogar über sein Pferd Morgenröte, einen braunen Renner mit schwarzer Mähne, hatte er ein weißes Tuch gebreitet.

Das Tier hustete trocken in dem Versuch, den allgegenwärtigen Staub aus seiner Kehle zu entfernen.

»Ich bin auch durstig, Morgenröte«, redete Arlen beruhigend auf das Pferd ein und streichelte seinen Hals. »Aber unseren Wasservorrat für diesen Morgen haben wir schon verbraucht, deshalb bleibt uns gar nichts anderes übrig, als zu warten.«

Wieder einmal zog Arlen Abbans Landkarte zurate. Der Kompass, den er an einer Schnur um den Hals trug, verriet ihm, dass sie immer noch in Richtung Osten unterwegs waren, doch von der Schlucht war keine Spur zu entdecken. Schon vor einem Tag hätte sie in Sichtweite kommen müssen. Egal, wie stark er den Proviant rationierte, wenn sie noch einen Tag weiterzögen, ohne den Fluss und somit Wasser zu finden, musste er diesen Ausflug abbrechen und nach Fort Krasia zurückreiten.

Du könntest dir diese Tortur natürlich auch ersparen und gleich umkehren, meldete sich die Stimme in seinem Kopf.

Diese Stimme riet ihm unentwegt, seinen Plan aufzugeben. Arlen hörte aus ihr seinen Vater heraus, sie hielt die Erinnerung an einen Mann wach, den er fast ein

Jahrzehnt lang nicht gesehen hatte. Und was sie ihm einflüsterte, waren stets die strengen Ermahnungen und Weisheiten, die sein Vater so gern von sich zu geben pflegte. Jeph Strohballen war ein anständiger, rechtschaffener Mann gewesen, aber seine ernste Besonnenheit und seine Vernunft hatten ihn sein ganzes Leben lang davon abgehalten, sich weiter als ein paar Wegstunden von zu Hause zu entfernen.

Denn wenn man es nicht mehr schaffte, vor Einbruch der Dunkelheit einen sicheren Zufluchtsort zu finden, musste man die Nacht im Freien bei den Horclingen verbringen. Nicht einmal Arlen nahm dies auf die leichte Schulter, aber er war besessen von dem Wunsch, Dinge zu sehen, die vor ihm noch kein anderer Mensch erblickt hatte, und an Orte zu reisen, an denen noch niemand gewesen war. Mit elf Jahren war er von zu Hause weggelaufen. Nun war er zwanzig und hatte mehr von der Welt gesehen als die meisten Männer, bis auf wenige Ausnahmen, die man an einer Hand abzählen konnte.

Die warnende Stimme in seinem Kopf gehörte zu den Prüfungen, die man einfach ertragen musste, fand Arlen, so wie eine vor Durst brennende Kehle. Die Dämonen hatten die Welt schon klein genug gemacht. Er wollte nicht zulassen, dass die Erinnerung an seinen ewig nörgelnden Vater die Grenzen noch enger zog.

Dieses Mal suchte er nach Baha kad'Everam, einem krasianischen Weiler, dessen Name übersetzt »Kelch des Everam« hieß; Everam nannten die Krasianer ihren Schöpfer. Laut Abbans Landkarten lag dieses Dorf in

13

einer natürlichen Bodensenke, die von einem ausgetrockneten See in einer Schlucht stammte, durch die früher einmal ein breiter Fluss geströmt war. Der Ort war einst für seine herrlichen Töpferwaren berühmt gewesen, doch vor über zwanzig Jahren hatten die Keramikhändler plötzlich ihre Besuche eingestellt, und eine nach Baha kad'Everam entsandte *dal'Sharum*-Expedition war zu dem Schluss gelangt, die Bahavaner seien von den Horclingen getötet worden. Seitdem hatte sich nie wieder jemand dorthin begeben.

»Ich war bei dieser Expedition dabei«, hatte Abban behauptet, worauf Arlen den feisten Händler zweifelnd ansah.

»Es ist wahr«, beteuerte Abban. »Damals war ich noch ein Junge und sollte erst zum Krieger ausgebildet werden. Ich trug Speere für die *dal'Sharum*. Aber an diese Reise erinnere ich mich noch gut. Von den Bahavanern war keine Spur zu sehen, aber das Dorf war völlig unversehrt. Die Krieger interessierten sich nicht für Töpferwaren und hätten eine Plünderung ohnehin als unehrenhaft empfunden. Bis zum heutigen Tag lagern in den Ruinen die schönsten Keramiken und warten nur darauf, von einem unerschrockenen Reisenden geborgen zu werden.« An dieser Stelle hatte er sich dicht zu Arlen vorgebeugt. »Die Stücke eines bahavanischen Töpfermeisters ließen sich im Basar zu einem sehr hohen Preis verkaufen«, murmelte er bedeutungsvoll.

Und jetzt streifte Arlen durch die glutheiße Wüste und fragte sich, ob Abban die ganze Geschichte nicht vielleicht frei erfunden hatte.

Er musste noch mehrere Stunden reiten, ehe er einen Schatten entdeckte, der sich über die Lehmebene vor ihm wellte. Sein Herz hämmerte in der Brust, während Morgenröte müde einen Huf vor den anderen setzte und die Schlucht langsam näher kam. Arlen stieß einen Seufzer der Erleichterung aus und sagte sich wieder einmal, dass er die zur Vorsicht mahnende Stimme in seinem Kopf aus einem guten Grund ignorierte. Er wendete sein Pferd nach Süden, und schon bald rückte die Senke in sein Blickfeld.

Morgenröte schnaubte zufrieden, als sie in den Schatten der Mulde hinunterritten. Um sich vor der sengenden Hitze zu schützen, hatten die Gründer des Dorfes ihre Behausungen in die uralten Schluchtwände hineingebaut, indem sie die mächtigen Lehmschichten tief aushöhlten und ihre Heimstätten nach außen durch Lehmziegelbauten erweiterten, die farblich mit der Umgebung verschmolzen und aus der Ferne nicht zu entdecken waren. Eine perfekte Tarnung vor den Winddämonen, die auf der Suche nach Beute über der Ebene kreisten.

Aber trotz dieses Schutzes waren die Bahavaner ausgemerzt worden. Der Fluss war versiegt, und Krankheit und Durst hatten die Menschen anfällig gemacht für die Übergriffe der Horclinge. Vielleicht hatten ein paar Leute sogar versucht, sich durch die Wüste nach Fort Krasia durchzuschlagen, doch wenn dem so war, hatte man nie wieder etwas von diesen Verzweifelten gehört.

Arlens erstes Hochgefühl erhielt einen Dämpfer, als er sich vergegenwärtigte, dass er in einen Friedhof hin-

einritt. Wieder einmal. Während er an Häusern vorbeikam, zeichnete er Schutzsiegel in die Luft und rief: »Ay,
Bahavaner!«, in der vergeblichen Hoffnung, es könnte
doch noch ein paar Überlebende geben.

Doch als Antwort hörte er lediglich das Echo seiner
eigenen Stimme. Die Tücher, die man als Sonnenschutz
vor Fenster und Türeingänge gehängt hatte, waren, sofern sie sich überhaupt noch an ihrem Platz befanden,
schmutzig und zerrissen. Die in die Lehmziegel eingeritzten Siegel hatte der scharfe, mit Sand befrachtete
Wüstenwind im Laufe der Jahre abgeschmirgelt und
ihre Konturen verwischt. Die Wände wiesen Kratzspu-
ren von Dämonenkrallen auf. Hier lebte niemand mehr.

Im Zentrum des Dorfes stieß er auf Fallgruben, um
Horclinge einzufangen und bis zum Sonnenaufgang festzuhalten. Die steilen Treppenaufgänge und Gässchen,
die sich im Zickzack die Schluchtwände hinaufzogen
und die einzelnen, terrassenförmig angelegten Häuser
miteinander verbanden, waren mit Sperren verbarrika-
diert. Es handelte sich um hastig zusammengeschusterte
Verteidigungsanlagen, erstellt von den *dal'Sharum* – jedoch nicht, um die Bahavaner zu beschützen, sondern
eher um ihnen eine Ehre zu erweisen. Baha kad'Everam
war eine Siedlung von *khaffit* gewesen, Männern, die
aufgrund ihrer Kaste nicht würdig waren, einen Speer
in der Hand zu halten oder in den Himmel zu kommen;
doch selbst sie verdienten es, in geweihtem Boden zu
ruhen, auf dass ihre Seelen in einer höheren Kaste wiedergeboren würden, sofern ihnen dieses Privileg zustand.

Und die *dal'Sharum* kannten nur einen einzigen Weg, um einen Ort zu weihen. Sie tränkten ihn mit ihrem Blut und dem schwarzen, eitrigen Sekret, das durch die Adern der Horclinge floss. Sie nannten diesen Kampf den *alagai'sharak*, den »Dämonenkrieg«, und diese Schlacht tobte jede Nacht in Fort Krasia, ein ewiges Gemetzel, das weitergehen würde, bis sämtliche Horclinge tot waren oder es keine Männer mehr gab, die sie bekämpfen konnten. Eine Nacht lang hatten die Krieger in Baha kad'Everam den *alagai'sharak* geführt, um die Grabstätte der Bahavaner zu segnen.

Arlen ritt um die Barrikaden und Fallgruben herum und weiter zum Flussbett hinab, einem breiten Tal, durch das jetzt nur noch ein schlammiges, mit allerlei Kleingetier verseuchtes Rinnsal tröpfelte. Eine karge Vegetation klammerte sich hartnäckig an den Rand des Bächleins, doch bereits ein wenig weiter ragten die Stängel toter Pflanzen aus dem von der Sonne hartgebackenen Boden, halberstickt im Staub und zu trocken, um zu verfaulen.

In ein paar kleinen Tümpeln sammelte sich das Wasser, eine braune, stinkende Brühe. Arlen filterte es durch Holzkohle und Stoff, doch selbst danach blieb er skeptisch und beschloss, es zusätzlich abzukochen. Während er beschäftigt war, knabberte Morgenröte an irgendwelchen verkümmerten Kräutern und stacheligen Gräsern.

Langsam wurde es spät, und Arlen warf einen bedauernden Blick auf die tief stehende Sonne. »Auf geht's,

Mädchen«, sprach er das Pferd an. »Es wird Zeit, dass wir uns für die Nacht rüsten.«

Er führte Morgenröte die Uferböschung hinauf und in den Haupthof des Dorfes. Durch den Mangel an Regen und Erosion waren die zwanzig Fuß tiefen und zehn Fuß breiten Fallgruben weitgehend intakt geblieben, doch die Siegel, die man in die umgebenden Steine gemeißelt hatte, waren mit Dreck verkrustet und kaum noch zu erkennen. Jeder Dämon, der in eine dieser Gruben geworfen würde, könnte nun sofort wieder hinausklettern.

Trotzdem boten die Gruben einen gewissen Schutz. Arlen legte seine tragbaren Bannzirkel zwischen den Lehmziegelwänden der Behausungen und einer Fallgrube aus, um den Zugang zu seinem Lager zu erschweren.

Arlens tragbare Bannzirkel besaßen einen Durchmesser von zehn Fuß und bestanden aus lackierten Holztafeln, die durch kräftige Schnüre miteinander verbunden waren. Jede Tafel war mit uralten Abwehrsymbolen bemalt, die ausreichten, um ihn vor jeder bekannten Sorte von Horclingen zu schützen. Mit akribischer Präzision breitete er die Zirkel aus und vergewisserte sich, dass die Siegel so angeordnet waren, dass sie ein lückenloses Netz bildeten.

In einem Zirkel trieb er einen Pfahl in den Lehmboden und fesselte Morgenrötes Vorderbeine mit einem Seil, dessen freies Ende er dann mit einem komplizierten Knoten an dem Pflock befestigte. Falls das Pferd an dem Seil zerrte oder wegzulaufen versuchte, wenn die

Dämonen heranrückten, würde sich der Strick spannen und die Fesseln noch enger schnüren. Arlen jedoch konnte notfalls den Knoten sowie die Seilschlingen um Morgenrötes Beine mit einem einzigen Ruck lösen und das Pferd augenblicklich befreien.

Sein eigenes Lager schlug Arlen in dem zweiten Zirkel auf. Er bereitete alles für ein kleines Feuer vor, zündete es aber noch nicht an, denn in dieser Gegend gab es nur wenig Holz, und die Nächte in der Wüste konnten bitterkalt werden.

Während Arlen arbeitete, wanderte sein Blick immer wieder die Steintreppen hinauf, die zu den in die Schluchtwände eingebauten Lehmziegelhäusern führten. Irgendwo dort oben befand sich die Werkstatt von Meister Dravazi, einem Kunsthandwerker, dessen bemalte Keramiken noch zu seinen Lebzeiten mit Gold aufgewogen wurden und jetzt einen unschätzbar hohen Wert haben mussten. Mit dem Verkauf auch nur eines einzigen Originalstücks von Dravazi, das vergessen auf der Töpferscheibe lag, konnte er vermutlich seine gesamte Exkursion hierher finanzieren. Weitere Fundstücke würden ihm ein Vermögen einbringen.

Anhand der Karten hatte Arlen sogar eine ziemlich genaue Vorstellung davon, wo er nach der Werkstatt des Meisters suchen sollte, doch egal wie erpicht er darauf war, mit den Nachforschungen zu beginnen, er musste sich bis zum nächsten Tag gedulden, denn der Sonnenuntergang stand kurz bevor.

Als die große, rotglühende Scheibe unter dem Horizont versank, verflüchtigte sich die in der Lehmwüste gespeicherte Hitze, stieg himmelwärts und gab den Dämonen den Weg aus dem Horc frei. Außerhalb der Bannzirkel driftete ein bösartig aussehender Nebel aus dem Boden und verdichtete sich allmählich zu dämonischen Gestalten.

Als die Dunstschwaden aufstiegen, überkam Arlen ein klaustrophobisches Gefühl; ihm kam es so vor, als sei sein Zirkel von gläsernen Wänden umgeben, die ihn vom Rest der Welt abschnitten. In dem Zirkel fiel ihm das Atmen schwer, obwohl die Siegel nur die Magie der Dämonen abwehrten und just in diesem Moment eine frische Brise über sein Gesicht strich. Er starrte die sich langsam verfestigenden Horclinge an, die die Nacht über seine Kerkermeister sein würden, und fletschte wütend die Zähne.

Zuerst formten sich die Winddämonen aus den Nebelschleiern. Einem groß gewachsenen Mann hätten sie bloß bis zu den Schultern gereicht, aber die aus dem Kopf sprießenden rippenähnlichen Fortsätze waren noch einmal acht bis neun Fuß lang. Ihre kräftigen, langen Schnauzen glichen scharfen Schnäbeln, in denen sich obendrein Reihen von fingerdicken Zähnen verbargen. Eine zähe, elastische Haut schützte ihre Leiber wie ein Panzer, von dem jede Speer- oder Pfeilspitze abprallte. Diese widerstandsfähige Schwarte dehnte sich als dünne Membran von den Seiten bis unter die Armknochen aus und bildete die Schwingen, deren Spannweite mitunter die dreifache Körpergröße erreichte. An den Gelenken der Flügel saßen starke, gebogene Krallen, mit denen die Winddämonen im

Sturzflug mühelos den Kopf eines Menschen abreißen konnten.

Die Winddämonen nahmen keine Notiz von Arlen, der mit dem Rücken gegen die Lehmziegelwand gelehnt dasaß und sich noch Zeit ließ, das Feuer zu entzünden. Nachdem ihre Körper sich verfestigt hatten, rannten sie los in Richtung Fluss. Auf dem Boden wirkten sie mit ihren verkümmerten Beinen unbeholfen, doch als sie unter misstönendem Kreischen von der Uferböschung sprangen, zeigte sich die grausige Eleganz ihrer Erscheinung und ihrer Bewegungen. Unter lautem Klatschen entfalteten sie ihre enormen Schwingen und schossen in die Höhe; nach nur wenigen machtvollen Flügelschlägen gingen sie in einen Schwebeflug über und hielten in der aufziehenden Abenddämmerung Ausschau nach Beute.

Arlen hatte erwartet, dass als Nächstes die Sanddämonen eintreffen würden, die die Dünenfelder der Krasianischen Wüste heimsuchten, doch im Zwielicht sah er, wie sich die Nebelfetzen auflösten und nur noch einige wenige Winddämonen formten.

Diese Beobachtung hob Arlens Stimmung. Obwohl Horclinge auf fast alle Lebewesen Jagd machten und ihre Opfer töteten, richtete sich ihr größter Hass gegen die Menschen. Manchmal lungerten sie noch sehr lange in Ruinen herum, auch wenn die ehemaligen Bewohner dieser Bauten längst tot waren, nur für den Fall, dass andere Menschen eines Tages diese Stätte aufsuchen könnten. Die Dämonen, die nicht alterten, denen die Zeit nichts anhaben konnte, verfügten über eine schier unendliche Geduld, und es machte ihnen nichts aus, jahrzehntelang an ein und demselben Ort zu verharren.

Es war nur natürlich, dass die Winddämonen sich weiterhin in dieser Gegend herumtrieben. Die steilen Wände der Schlucht boten eine ideale Möglichkeit, um sich in die Lüfte zu schwingen, und während der Nacht konnten sie in weiten Schleifen über die Wüste kreisen und nach Beute spähen. Die an den Boden gebundenen Sanddämonen fanden hier keine derart günstigen Jagdgründe vor, und so sehr Arlen sich auch anstrengte, er konnte nirgends Spuren von ihnen entdecken. Sanddämonen jagten in Rudeln, und es schien, als sei das hiesige Rudel im Laufe der letzten zwanzig Jahre auf der Suche nach einem ergiebigeren Beuterevier weitergezogen.

Arlen stand auf und begann rastlos auf und ab zu gehen, während er beobachtete, wie die letzten Winddämonen zum Fluss hin verschwanden. Dann sah er kritisch zu den Terrassen aus Lehmziegelbauten hinauf und legte sich einen Plan zurecht. Wenn er sich vorsichtig bewegte und sich nicht zu hoch hinaufwagte, würde ein Winddämon, der auf den Klippen der Schlucht Posten bezogen hatte, ihn aller Wahrscheinlichkeit nach nicht entdecken. Und falls doch ein Horcling auf ihn aufmerksam würde, konnte er sich schnell in eines der Häuser zurückziehen. Die Fenster und Türeingänge waren zu schmal, um Winddämonen durchzulassen, es sei denn, sie landeten und versuchten erst dann, sich durch die Öffnungen zu zwängen. Doch Winddämonen entwickelten nur im Flug imponierende Eigenschaften, auf dem Boden konnte man sie mühelos zu Fall bringen oder vor ihnen davonlaufen. Sanddämonen waren immer noch nicht an die Oberfläche gekommen, und mit ihrer Gestalt und Färbung wären sie in diesem ganz aus Lehm gebauten Dorf nicht zu übersehen.

Und bis Einarm hier aufkreuzte, würden noch Stunden vergehen. Wenn er sich beeilte ...

Sei kein Narr! Warte, bis die Sonne aufgeht!, schnauzte die Stimme seines Vaters, aber selbst früher hatte Arlen nur selten auf sie gehört. Wenn er sich für ein Leben in Sicherheit entschieden hätte, wäre er in den Freien Städten geblieben, deren Einwohner bis auf wenige Ausnahmen von der Wiege bis zur Bahre ihr Dasein innerhalb eines Schutzwalls verbrachten, ohne sich ein einziges Mal vor das Netz aus Siegeln zu wagen.

Arlen hatte sich schon häufig schutzlos den Gefahren der Nacht ausgesetzt, vor allen Dingen in Fort Krasia, wo er der einzige Fremde war, der jemals am *alagai'sharak* teilgenommen hatte. Dieses Mal jedoch kämpften keine *dal'Sharum*-Krieger an seiner Seite, die ihm beistehen würden, sollte ihm etwas zustoßen. Hier war er ganz auf sich allein gestellt.

Daran bin ich gewöhnt, dachte er.

Mitten in seinem Zirkel entzündete er ein langsam glosendes Feuer, damit er im Dunkeln leicht den Rückweg fand, und am Ende seines Speeres befestigte er eine Halterung mit einer Fackel. Auf dem Rücken trug er Ersatzfackeln in einem Beutel, den er hoffentlich bald mit bahavanischen Töpferwaren füllen konnte. Zum

Schluss griff er nach seinem runden Schild, der mit den gleichen Abwehrsymbolen bemalt war wie die Tafeln seines Zirkels, und trat aus dem Bannbereich heraus.

Als Arlen den Zirkel verließ, hatte er das Gefühl, zum ersten Mal seit Sonnenuntergang wieder tief durchatmen zu können. Er wusste, dass er es sich nur einbildete, aber ihm schien, als schmecke die Luft außerhalb des Bannkreises viel besser, kühler und lieblicher. Es tat gut, ein bisschen von der Welt zurückzuerobern, die die Horclinge den Menschen Nacht für Nacht raubten.

Behutsam pirschte er sich zu den Treppenaufgängen, stets auf der Hut vor Dämonen, jederzeit bereit, sich zu verteidigen oder zu fliehen.

Der Aufstieg gestaltete sich schwierig. Die einzelnen Stufen hatten eine unregelmäßige Form, manche waren so schmal, dass nicht einmal sein ganzer Fuß darauf passte, andere wiederum bildeten regelrechte kleine Plattformen, die man mit mehreren Schritten überqueren musste, ehe man zur nächsten Stufe gelangte. Gelegentlich verlief der Weg beinahe eben, um dann wieder fast senkrecht anzusteigen. Die Bahavaner mussten sehr kräftige Beinmuskeln entwickelt haben, wenn sie tagein tagaus diese Treppen bewältigten.

Erschwerend kam hinzu, dass die *dal'Sharum* die meisten der tiefer liegenden Etagen nach Material für die Blockaden durchwühlt hatten. Die Zimmer dort waren wie leergefegt, für die Errichtung der Sperren kam offenbar alles infrage. Zerbrochene Töpferwaren, Möbel, Kleidung; alles, was nicht in die Wände eingebaut war, türmte sich auf den Straßen, um den Ansturm der Dämonen auf die von den Krasianern angelegten Hinterhalte zu stören. Gelangte dann ein Horcling in die Reichweite der Krieger, wurde er über die niedrigen Wälle gestoßen und landete in den darunter klaffenden Gruben.

In geduckter Haltung, die Deckung der Wand ausnutzend, kletterte Arlen nach oben, während er mit argwöhnischen Blicken den Nachthimmel absuchte. Winddämonen konnten sich aus einer Höhe von über einer Meile völlig geräuschlos wie ein Stein herabfallen lassen, um erst im allerletzten Moment die Schwingen zu spreizen; im Nu hatten sie den Kopf eines Mannes vom Rumpf getrennt, den verstümmelten Körper mit dem hinteren Klauenpaar gepackt und sich wieder in die Höhe geschwungen, ohne auch nur ein einziges Mal den Boden zu berühren. Arlen zweifelte nicht daran, dass ein Winddämon ihn von der Wand pflücken konnte, wenn er den Angriff zu spät bemerkte.

Im fünften Stockwerk endeten die Sperren, und die Häuser wirkten, als seien sie niemals angetastet worden, doch Arlen kämpfte sich weiter in die Höhe, obwohl die Muskeln in seinen Oberschenkeln brannten wie Feuer. Angeblich befand sich Meister Dravazis Werkstatt auf der siebten Ebene, denn es gab sieben Säulen des Himmels, und sieben Schichten führten hinab in Nies Abgrund.

Arlen konnte sich ein albernes Grinsen nicht verkneifen, als er das siebte Geschoss erreichte und am Bogengang eines großen Gebäudes den Namen des Töpfermeisters entdeckte. Noch einmal suchte er mit Blicken gründlich die Umgebung ab, doch von Sanddämonen war immer noch nichts zu sehen, und die Winddämonen schienen weit in die Nacht hinausgeflogen zu sein.

In der Tür hing ein zerfetzter Vorhang, der wohl eher dazu dienen sollte, den allgegenwärtigen orangefarbenen Staub fernzuhalten als die Privatsphäre zu wahren oder gar Schutz vor Eindringlingen zu bieten. In einem so kleinen und abgeschiedenen Weiler wie Baha benötigte man nichts, um Außenseiter von sich fernzuhalten.

Arlen hievte sich zu dem Torbogen hinauf, schob mit der Kante seines Schildes den Vorhang zur Seite und hielt den Speer in die finstere Öffnung. Der züngelnde Schein der Fackel tanzte durch einen Raum, der vollgestopft war mit Keramiken.

Verblüfft schnappte Arlen nach Luft; er wagte es kaum, seinen Augen zu trauen. Die Töpferwaren waren zu ordentlichen Stapeln aufgetürmt, verpackt für eine Reise zu einem Markt, die vor zwanzig Jahren hätte stattfinden sollen, aber nie zustande kam. Die Waren lagen unter einer dicken Staubschicht und hatten dadurch die Farbe der Wände und Böden des Hauses angenommen, doch selbst nach so langer Zeit schienen die Sachen unbeschädigt zu sein. Zögernd streckte Arlen eine Hand aus und zog mit den Fingern Linien durch den Staub; darunter kamen glatter Lackfirnis und in kräftigen Farben gemalte Muster zum Vorschein, die im Fackellicht glänzten. Ein einziger Raum, und der enthielt mehr Schätze, als er überhaupt tragen konnte!

26

Er ließ sich auf ein Knie nieder, legte Schild und Speer auf den Boden und nahm den Rucksack ab. Prüfend musterte er die kleineren Vasen, Lampen und Schüsseln, um zu entscheiden, was er mitnehmen sollte. Ein paar ausgewählte Stücke wollte er gleich in den Rucksack stecken und sie dann später in seinem Zirkel begutachten. Um zurückkehren und den Rest abholen zu können, musste er bis zum nächsten Morgen warten.

Gerade als er vorsichtig eine zierliche Vase in seinem Rucksack verstaute, hörte er ein Poltern. In der Annahme, er hätte einen verkehrten Griff getan und irgendein Turm von Keramiken könnte jeden Moment umkippen, schnappte er sich den Speer und hielt die Fackel in die Höhe.

Doch die Stapel standen voll im Gleichgewicht, und das seltsame Geräusch ertönte wieder; dieses Mal klang es eher wie ein Knurren, heisere, grollende Laute durchdrangen die Dunkelheit.

Ohne sich weiter um die Keramiken zu kümmern, schnappte er sich seinen Schild und wandte sich langsam in die Richtung, aus der das Grummeln kam. Ein Sanddämon musste ihm in den Raum gefolgt sein und schlich sich nun wohl möglichst leise an ihn heran, ohne jedoch die Laute, die sich instinktiv aus seiner Kehle lösten, unterdrücken zu können.

Langsam drehte Arlen sich im Kreis, hielt die Fackel weit von sich und durchsuchte den Raum, doch nirgends fand sich ein Anzeichen für einen Dämon. Dann zuckte er zusammen und blickte rasch nach oben, doch auch an der Decke klebte kein Horcling, der nur einen günstigen Moment abwartete, um sich auf ihn zu stürzen. Ihn schauderte, doch er zwang sich dazu, weiterzuforschen.

Um ein Haar hätte er die Kreatur übersehen. Er wurde nur auf sie aufmerksam, weil sie just in dem Augenblick, als er die Fackel an die richtige Stelle hielt, ein schwaches Fauchen von sich gab. Zuerst fiel ihm an der schlichten Lehmziegelwand nichts Ungewöhnliches auf, bis sich ein Teil des Mauerwerks … *bewegte*!

Dort versteckte sich ein Dämon. Selbst wenn man ihn direkt im Blickfeld hatte, war der Horcling fast nicht zu erkennen. Seine Panzerung besaß exakt die gleiche orangegelbe Tönung wie der Lehm und war von derselben körnigen Beschaffenheit. Das Wesen war klein und ähnelte von der Statur her einem mittelgroßen Hund, doch der stabile Körper strotzte vor Muskeln, und die Krallen gruben tiefe Furchen in die Lehmwände. Noch nie zuvor hatte Arlen eine solche Kreatur gesehen.

Der Horcling zappelte ein bisschen und trat mit den Pfoten auf der Stelle, dann stieß er ein fürchterliches Gebrüll aus, schnellte in die Höhe und sprang ihn an.

»Bei der Nacht!«, schrie Arlen, während er seinen Schild hochriss und sich fragte, ob die Abwehrsiegel auch bei dieser neuen Art Horcling wirkten. Siegel waren ziemlich heikel, und für jeden Dämonentyp gab es ein ganz spezielles Abschreckungssymbol. Manche konnte man gegen verschiedene Sorten von Horclingen einsetzen, doch eine hundertprozentige Garantie gab es nicht.

Magie flackerte auf, als der Dämon gegen den Schild prallte und Arlen zu Boden warf; doch obwohl die Siegel ihre Macht entfalteten, war Arlen sich bewusst, dass sie nur einen vorübergehenden Schutz boten. Kein Dämon hätte imstande sein dürfen, überhaupt mit diesem Schild in Berührung zu kommen, aber dieser klammerte sich verbissen daran fest, trotz der magischen Energie, die versuchte, ihn zurückzutreiben.

Der Dämon war schwerer als er aussah, doch unter Aufbietung aller Kräfte gelang es Arlen, den Schild hochzustemmen und mit voller Wucht gegen die Wand zu schmettern. Bei dem Aufprall lösten sich die Krallen des Horclings vom Schild, und die Magie, die immer noch dabei war, den mittlerweile am Boden liegenden Dämon abzuwehren, schleuderte nun Arlen nach hinten. Er landete zwischen Keramiken, wobei etliche der unbezahlbaren Kunstwerke zu Bruch gingen.

»Beim Horc!«, fluchte er, doch zum Lamentieren war jetzt keine Zeit, denn mit einem gewaltigen Satz sprang der Dämon in den Stapel hinein, wobei er Tonscherben in alle Richtungen schleuderte. Ein Schauer aus scharfkantigen Scherben hagelte auf Arlen nieder, während er sich verzweifelt bemühte, wieder auf die Füße zu kommen.

Gerade noch rechtzeitig duckte er sich hinter seinen Schild, als der Lehmdämon sich erneut auf ihn stürzte. Dieses Mal schlug die Kreatur ihre Krallen tief in das Holz hinein und zerrte so heftig daran, dass die Lederriemen um Arlens Unterarm rissen und er den Schild verlor. Hastig stolperte er zurück und versuchte, vor dem Dämon zu fliehen, ehe dieser sich von dem Schild löste und zur nächsten Attacke ansetzte. Ohne Schild war es ein langer Weg bis zu seinen tragbaren Bannzirkeln, und nach dem, was er gerade erlebt hatte, konnte er sich nicht einmal darauf verlassen, dass die Zirkel ihn vor den Angriffen dieser Bestie überhaupt schützen würden.

Wieder warf sich der Dämon auf ihn. Geistesgegenwärtig fing Arlen ihn mit seinem Speer ab und traf das Wesen mitten an der Brust. Es war ein kräftiger Stoß mit einer ausgezeichneten Waffe, doch selbst der schwächste Horcling besaß einen Panzer, an dem eine Speerspitze einfach abglitt. Die Klinge konnte den Dämon nicht durchbohren, doch er bekam die Fackel ins Gesicht, die durch den Schlag aus der Halterung fiel. Arlen stieß noch einmal heftig zu und drängte den Horcling zurück. Im zuckenden Schein der Fackel sah er, wie das Scheusal, momentan geblendet durch das Licht, hilflos taumelte.

»Komm schon!«, brüllte Arlen, während er sich langsam in Richtung des Ausgangs bewegte. Noch halb benommen, griff der Horcling ein letztes Mal an, doch darauf hatte Arlen nur gewartet. Er packte den Türvorhang, fing den Lehmdämon in den verkrusteten, staubigen Falten ein und hielt den Stoff fest in den Händen, während der Horcling sich wand und krümmte. Der Vorhang wurde von der Stange gerissen, als Arlen durch die Tür auf den Treppenabsatz stürmte und den Dämon über das Sims nach unten warf. Der Vorhang, in dem die Bestie sich verheddert hatte, dämpfte das

zornige Kreischen, das den Sturz in die Tiefe begleitete.

Arlen rannte noch einmal ins Haus zurück, um seine
Fackel zu holen. Den Rucksack ließ er liegen, wo er gerade war, zusammen mit dem ramponierten Schild und
dem Speer, und hetzte dann wieder zu den Treppen. Er
wollte gerade nach unten rennen, als ein scharrendes
Geräusch die Luft vibrieren ließ. Verdutzt spähte er die
Lehmziegelwände hinauf, die sich längs der Klippe in
die Höhe zogen, und ihm drehte sich der Magen um,
als es in dem Mauerwerk plötzlich vor Lehmdämonen
wimmelte.

*Eines Tages wirst du durch deinen Leichtsinn zu Tode
kommen,* hörte Arlen seinen Vater unken, doch in diesem Moment hatte er weder Zeit noch Lust, ihm zu wi-
dersprechen. Er wirbelte herum und hetzte so schnell er
konnte die Treppen hinunter.

Er rannte so schnell, dass er in dem unruhig fla-
ckernden Licht der Fackel den Weg nicht richtig sehen
konnte, trotzdem übersprang er mitunter mehrere Stufen. Doch selbst das nützte ihm nichts. Nicht nur hinter
ihm, auch vor ihm tauchten Dämonen auf. Auf dem
Weg nach oben musste er nichtsahnend einfach an ihnen vorbeigeklettert sein. Als er einen Absatz erreichte,
bogen gerade zwei Lehmdämonen um die Ecke des dar-
unterliegenden Stockwerks; die Krallen fest in den Boden
gestemmt, spannten sie ihre Muskeln an, um sich auf
ihn zu stürzen.

Als die Horclinge auftauchten, war es für Arlen zu
spät, um seinen Schwung zu bremsen, deshalb tat er

das Einzige, was ihm in diesem Moment in den Sinn kam, und hechtete über den niedrigen Wall, der das Sims begrenzte.

Gute zehn Fuß tiefer landete er auf der Treppe der nächsten Etage, wobei er unglücklich mit der Hüfte aufprallte. Die Dämonen nahmen sofort die Verfolgung auf, aber Arlen unterdrückte die Schmerzen, sprang auf die Füße und jagte wieder los.

Die Dämonen legten ein ziemliches Tempo vor, aber Arlen hatte die längeren Beine, und die schiere Verzweiflung trieb ihn zu einer halsbrecherischen Geschwindigkeit. Er rannte um die Blockaden der Krasianer herum, wobei er sich mehr auf sein Gedächtnis als auf seine Augen verließ, und in diesem Moment war er plötzlich dankbar, dass die *dal'Sharum* die unteren Geschosse auf ihrer Suche nach Baumaterial buchstäblich ausgeschlachtet hatten.

Von oben ließ sich ein Dämon auf ihn herabfallen, bohrte seine Krallen tief in seinen Rücken und verbiss sich mit den Zähnen in seiner Schulter, aber Arlen verlangsamte kaum seinen Lauf. Er stieß dem Horcling die Fackel ins Gesicht und warf sich nach hinten gegen die Klippenwand, so dass der Bestie der Atem aus den Lungen gepresst wurde und sie Arlen unversehens losließ. Der packte den Dämon und schleuderte ihn gegen zwei weitere Monster, die die Treppe hinunterwieselten, um sich auf ihn zu stürzen.

Dann trieb er mit der brennenden Fackel die Dämonen ein Stück zurück und rannte weiter. Zweimal stolperte er und fiel hin, wobei er sich böse den Knöchel verrenkte, aber im Nu war er wieder auf den Beinen und jagte wieder los, bevor er die Schmerzen überhaupt spürte. Hinter ihm schien sich die gesamte Klippe in einen Schwarm aus brüllenden Dämonen zu verwandeln.

Wieder sprang er über einen Wall, um den letzten von Dämonen eroberten Treppenabsatz zu vermeiden, und legte dann einen Endspurt zu seinem sachte vor sich hinglimmenden Lagerfeuer hin. Noch ehe er dort ankam, stellte er fest, dass der Lehmdämon, den er in den Vorhang eingewickelt und die Klippenwand hinuntergeworfen hatte, mitten in seinem Zirkel gefangen war. Die große Höhe und der Stoff, in den er eingerollt war, hatten ihn beim Abtauchen in den Wirkungsbereich der Siegel offenbar geschützt, doch nun versuchte die Kreatur vergeblich, den Zirkel wieder zu verlassen. Wie wahnsinnig bearbeitete der Horcling mit den Krallen das Siegelnetz, und Blitze aus weißer Magie sprühten wie ein flirrendes Spinnengewebe durch die Luft.

Da Arlen sich nicht in seinen eigenen Zirkel flüchten konnte, schlug er einen Haken und steuerte auf den Kreis zu, in dem Morgenröte angepflockt stand. Ein Lehmdämon versperrte ihm den Weg, doch als er ihn ansprang, ließ Arlen die Fackel fallen und schnappte sich das Vieh mit beiden Händen. Die scharfkantigen Schuppen zerschnitten seine Haut, und er bekam einen Schwall faulig stinkenden Atem ins Gesicht, doch er drehte sich geschickt auf dem Absatz herum und nutzte den Schwung der angreifenden Bestie aus, um sie in eine der Dämonengruben im Hof zu schleudern.

Ein grelles Kreischen ertönte, als Arlen sich mit einem Hechtsprung in den Zirkel des Pferdes rettete, und die Siegel flammten auf, weil ein Winddämon gegen das Netz prallte. Der Horcling wurde zurückgeworfen und wäre in derselben Grube gelandet wie der Lehmdämon, hätte er nicht im letzten Moment die Schwingen gespreizt und sich in der Luft gefangen. Der Winddämon zischte Arlen wütend an und entblößte im Licht der funkensprühenden Siegel seine entsetzlichen Zähne.

Aber noch war Arlen nicht in Sicherheit. Die Lehmdämonen brandeten wie eine Welle gegen den Zirkel an und versuchten zu Dutzenden, den Schutzwall zu durchbrechen. Die Siegel loderten in magischem Feuer, wenn die Horclinge mit dem Netz in Berührung kamen, und der Ausbruch an Energie ließ sie abrupt innehalten, aber die Lehmdämonen wurden nicht nach hinten geschleudert, wie es eigentlich hätte sein müssen. Die Magie durchzuckte ihre gedrungenen Leiber, und sie heulten vor Schmerzen, dennoch gruben sie ihre Klauen in den Boden und stemmten sich gegen das Siegelnetz. Arlen hetzte am Rand des Zirkels entlang und scheuchte die Dämonen mit Fußtritten von dem Netz weg, aber lange konnte er diese Taktik nicht anwenden, und die Nacht war noch jung. Früher oder später würden die Lehmdämonen in den Kreis eindringen. Instinktiv witterte Morgenröte die Gefahr und zerrte nervös an den Stricken.

Doch dann erscholl ein Brüllen, das selbst die Kakophonie der Lehmdämonen übertönte, und Einarm kam in den Hof gedonnert. Von den Hornspitzen bis zu den Zehen maß der Felsendämon gute fünfzehn Fuß, und durch seinen dicken schwarzen Körperpanzer war er gegen fast jeden Angriff gefeit; lediglich die stärksten Siegel konnten ihn abwehren.

Eifersüchtig wie immer fegte der riesige Horcling mit seinem verbliebenen Arm die Lehmdämonen beiseite, wie ein Mann welkes Herbstlaub wegkehren würde, und bahnte sich einen Weg zu Arlens Zirkel. Mit zornigem Knurren verjagte er jeden Lehmdämon, der so dumm war, sich ihm zu nähern, und tötete nicht wenige seiner kleineren Vettern, ehe sie ihre Lektion lernten.

Bei ihrer ersten Begegnung vor fast zehn Jahren hatte Arlen Einarm verstümmelt. Damals war er noch ein Junge gewesen, und mehr zufällig als mit bewusster Absicht hatte er dem Giganten den Arm abgetrennt, doch der Felsendämon war unsterblich und konnte nicht vergessen, geschweige denn vergeben.

Jede Nacht stieg Einarm an der Stelle aus dem Boden, an der er Arlen das letzte Mal gesehen hatte, und folgte seiner Spur. Egal, wie viele Flüsse Arlen durchschwamm oder auf wie viele Bäume er kletterte, der hünenhafte Dämon holte ihn stets nach wenigen Stunden ein, wobei er schneller rennen konnte als das beste Pferd. Er kannte weder Erschöpfung noch Durst, sein ganzes Sinnen und Trachten war nur darauf gerichtet, sich an Arlen zu rächen.

Der Felsendämon hämmerte mit seinen wuchtigen Pranken gegen die Siegel, und in seiner Besessenheit, endlich Vergeltung zu üben, beleuchtete er die gesamte

Flussniederung mit Magie. Aber Arlen beherrschte das Zeichnen der Schutzzeichen gegen Felsendämonen mit geradezu traumwandlerischer Sicherheit, und er schätzte die Chance, dass Einarm gewinnen könnte, als denkbar gering ein. Und dennoch, als er sich auf den Boden hockte und zurücklehnte, verspürte er keinen Anflug von Triumph, weil Einarms Auftauchen ihn unverhofft vor den Lehmdämonen gerettet hatte. Er wusste sehr wohl, dass der gewaltige Felsendämon ihn eines Tages auf der falschen Seite der Schutzsiegel erwischen würde, und dann wünschte er sich wahrscheinlich, die Lehmdämonen hätten ihn gekriegt.

Doch vorerst grüßte er Einarm mit einer obszönen Geste und kramte dann in Morgenrötes Satteltaschen nach dem zweiten Kräuterbeutel, den er für Notfälle wie diesen aufbewahrte, und nach Verbandszeug.

Er hatte ein beachtliches Geschick darin entwickelt, seine Wunden selbst zu versorgen.

Kurz vor der Morgendämmerung, als der Himmel allmählich heller wurde, riss ein irrsinniges Kreischen Arlen aus dem Schlummer. Da er notgedrungen einen leichten Schlaf hatte, sprang er sofort auf die Füße und schüttelte die Müdigkeit ab wie eine lästige Decke. Einarm war bereits wieder in den Horc abgetaucht, so wie sämtliche Wind- und Lehmdämonen – bis auf einen.

Der Horcling, der in Arlens Hauptzirkel gefangen war, versuchte verzweifelt, sich daraus zu befreien; mit den Krallen schlug er auf das Siegelnetz ein, doch es gelang ihm nicht, die Barriere aus Magie zu durchbrechen. Die Siegel waren vielleicht nicht präzise auf Lehmdämonen abgestimmt, aber wenn ein Horcling in einem geschlossenen Bannkreis steckte, verstärkte sich die Energie des Netzes um ein Vielfaches.

Der Horizont hellte sich immer mehr auf, und mit großem Interesse beobachtete Arlen den dem Tode geweihten Dämon. Im zunehmenden Tageslicht glich die Kreatur ein wenig einem Gürteltier; über den Rücken verlief ein orangefarbener, in Platten gegliederter Panzer, die kräftigen Stummelbeine waren mit dicken, scharfkantigen Schuppen bedeckt und endeten in gekrümmten Klauen. Der stumpfnasige Kopf besaß die Form eines Zylinders und konnte als kräftiger Rammbock eingesetzt werden, was der Horcling demonstrierte, indem er immer wieder vergeblich gegen die magische Schranke seines Gefängnisses anrannte.

Die ersten Sonnenstrahlen strichen über das trockene Flussbett, und der Horcling schrie gequält auf, obwohl die Wände der Schlucht noch im Schatten lagen. Doch das würde sich schon bald ändern.

In seiner höchsten Not verlor der Dämon seine Stofflichkeit und verwandelte sich in einen orangegelben Nebel, der den Zirkel füllte. Doch selbst in seinem körperlosen Zustand gelang es dem Horcling nicht, aus dem Bannkreis zu entkommen. Im Lehmboden innerhalb des Siegelnetzes existierte kein Fluchtweg in den

Horc, und die nebelhafte Form schlängelte sich zu den Rändern des Zirkels hin, aber knisternde magische Entladungen drängten sie immer wieder zurück und zuckten fiebrig durch den Nebel wie Blitze, die in einer Gewitterwolke tanzen.

Der Dunstschleier floss an der Innenseite des Zirkels entlang und forschte unablässig nach einer Bresche in Arlens dicht gewebtem Netz. Obwohl der Horcling keinen festen Körper mehr besaß, konnte Arlen seine Angst und Verzweiflung schmecken, und vor lauter Aufregung verkrampfte er sich. Dämonen waren gegen Waffen immun, mit denen man jedes andere Lebewesen zur Strecke bringen konnte. Der einzige sichere Weg, einen Horcling zu töten, bestand darin, ihn in einen Bannzirkel einzusperren und auf die Sonne zu warten, ein Vorgehen, bei dem oft genauso viele Menschen ums Leben kamen wie Dämonen.

Endlich stand die Sonne so hoch, dass ihre Strahlen die andere Seite des Flusses erreichten, und in dem orangefarbenen Nebel flackerten Funken auf als würde ein Feuer entfacht. Plötzlich entlud sich ein gleißender Blitz, begleitet von einer unglaublichen Hitze, als sich der Nebel entzündete und sogar die Luft in Brand steckte. Arlen spürte, wie ein starker Wind an ihm vorbeirauschte, als das plötzlich entstandene Vakuum die Atmosphäre ansaugte; seine Augen trockneten aus und seine Wangen glühten, doch er hätte den Blick nicht von dem Spektakel abwenden können, selbst wenn es um sein Leben gegangen wäre. Nach allem, was die Dämonen der Welt angetan hatten, wurde Arlen es nie leid, mitanzusehen, wie ein Horcling den höchsten Preis für seine Bösartigkeit zahlte.

Nachdem der Dämon verbrannt und der letzte Funke erloschen war, untersuchte Arlen seine Lagerstätte, doch das meiste von seiner Ausrüstung hatte er verloren. Einen Teil hatte der Dämon durch sein Toben zerstört, und der Rest war verschmort, als die von dem Nebel ausgehende Stichflamme die Luft zum Brennen brachte. In dem Zirkel, in dem Morgenröte stand, bewahrte er Ersatz für die wichtigsten Dinge auf, doch dieser eine tote Dämon verursachte ihm Kosten, die er selbst durch den Verkauf der Töpferwaren kaum abdecken konnte.

Wenn überhaupt noch Keramiken übrig waren, die sich versilbern ließen. Der Gedanke erschreckte Arlen so sehr, dass er sofort die Treppen zu Meister Dravazis Werkstatt hinaufhetzte. Und seine schlimmsten Befürchtungen bestätigten sich, als er sah, dass fast jedes Stück beschädigt oder total zerschmettert war. Hastig durchkämmte er die anderen Häuser und fand dort auch eine Menge Töpferwaren, allerdings handelte es sich um robustes Geschirr für den alltäglichen Gebrauch. Die Bahavaner, die auf Handel angewiesen waren, um ihren Lebensunterhalt zu bestreiten, hatten keine Zeit darauf verwendet, die Sachen, die sie selbst benutzten, mit kunstvollen Ornamenten zu versehen. Er konnte sich schon glücklich schätzen, wenn der Erlös für seine Ausbeute den entstandenen Schaden ausglich und sein Verlust sich so in Grenzen hielt.

Doch trotz seiner immer noch schmerzenden Wunden und obwohl die Exkursion nicht den erhofften Profit einbrachte, ritt Arlen hoch erhobenen Kopfes und in glänzender Laune aus der Schlucht heraus. Er hatte einen Ort gesehen, den seit über zwanzig Jahren niemand mehr aufgesucht hatte, sich gegen die dort hausenden Dämonen behauptet und überlebt, so dass er zurückkehren und anderen von seinen Abenteuern berichten konnte.

Eines Tages wird dich dein Glück verlassen, ermahnte ihn die Stimme seines Vaters.

Das mag ja sein, erwiderte er in Gedanken, *aber nicht heute.*

Sich schwer auf seine Krücke stützend, humpelte Abban durch den Großen Basar von Fort Krasia, der Stadt, die den Beinamen »Der Wüstenspeer« trug. Abban schob einen gewaltigen Bauch vor sich her, doch selbst wenn er nicht so ein Fettwanst gewesen wäre, hätte sein lahmes Bein ihn nicht tragen können.

Auf dem Kopf trug er einen Turban aus gelber Seide, der von einer gelbbraunen Stoffmütze gekrönt wurde. Das weit geschnittene, leuchtend blaue Seidenhemd unter der gelbbraunen Wildlederweste war mit einem aufwendigen, verschnörkelten Muster aus Goldfäden verziert, und an seinen Fingern glitzerten Ringe. Seine Pluderhosen, die aus der gleichen Seide bestanden wie der Turban, wurden von einem mit Juwelen besetzten Gürtel gehalten, und das obere Ende der Krücke war aus glattem weißem Elfenbein geschnitzt. Die Schnitzerei stellte das erste Kamel dar, das Abban je gekauft hatte, und seine Achselhöhle ruhte zwischen den beiden Höckern.

Der Basar erstreckte sich meilenweit entlang der Innenseite der Stadtmauern. Scheinbar endlose Reihen von Buden, Zelten und Tierpferchen säumten die heißen, staubigen Straßen, man verhökerte Nahrungsmittel, Gewürze, Parfüms, Kleidung, Schmuck, Möbel, Vieh, Lasttiere – einfach alles, was das Herz eines Käufers begehrte.

So wie das Labyrinth außerhalb der Mauern in einer Weise angelegt war, die es den *dal'Sharum* ermöglichte, jeden Dämon, der versuchte, in die Stadt einzudringen, einzufangen und zu töten, so gestaltete sich der Basar nach einem ähnlichen Prinzip, um Käufer anzulocken und zu verwirren, damit sich die Händler auf sie stürzen konnten. Die beeindruckende Zurschaustellung von Waren und die Aufdringlichkeit der Verkäufer ließen selbst die schwierigsten, anspruchsvollsten Kunden schwachwerden, so dass sie bereitwilliger als sonst ihre Geldbörsen zückten. Und vermeintliche Ausgänge, von denen man annahm, sie führten aus dem Bezirk heraus, entpuppten sich häufig als Sackgassen, weil die ständig umgestellten Buden die Passage versperrten. Sogar jemand, der sich in dem unübersichtlichen, verwinkelten Basar gut auskannte, verirrte sich von Zeit zu Zeit.

Aber nicht Abban. Der Basar war sein Zuhause, und der Lärm, den die in höchster Lautstärke geführte Feilscherei verursachte, war die Luft, die er zum Atmen brauchte. Er konnte sich genauso wenig in dem Basar verlaufen, wie der Erste Krieger im Labyrinth die Orientierung verlieren würde.

Abban war im Zelt seiner Familie geboren worden, direkt im Zentrum des Basars. Seine Großmutter hatte die Hebamme ersetzt, und Abbans Vater, Chabin, hielt den Laden für Kunden geöffnet, selbst als seine Frau im hinteren Bereich vor Schmerzen schrie. Er konnte es sich nicht leisten, das Geschäft lasch zu führen, zumal es jetzt noch ein weiteres Maul zu füttern gab.

Abban hatte Chabin als einen guten Menschen in Erinnerung. Er arbeitete fleißig, um für seine Familie zu sorgen, obwohl er zu feige war, um ein Krieger zu werden, und die Geistlichen ihm einen Mangel an Glauben vorwarfen.

Da ihm diese beiden Berufsstände verwehrt waren, die einzigen Beschäftigungen, die man eines krasianischen Mannes für würdig erachtete, sah Abbans Vater sich gezwungen, jeden Tag den Buckel krummzumachen und zu schuften wie eine Frau. Er war ein *khaffit*, ein Mann ohne Ehre, und infolgedessen würde ihm das Paradies des Everam für immer verschlossen bleiben.

Aber Chabin hatte seine Bürde klaglos geschultert und einen winzigen Verkaufsstand, an dem minderwertige Kinkerlitzchen verhökert wurden, in ein blühendes Geschäft verwandelt, das sogar Kunden in so weit entlegenen Gebieten wie den Grünen Ländern im Norden bediente. Er hatte Abban in Mathematik und Geografie unterwiesen, ihm gezeigt, wie man Worte schreibt, und ihn in der Sprache der Leute aus den Grünen Ländern unterrichtet, damit er mit ihren Kurieren in deren eigener Zunge um die Güter, die sie transportierten und feilboten, feilschen konnte. Er brachte Abban vieles bei, doch in erster Linie hatte er ihn gelehrt, die *dama* zu fürchten. Eine Lektion, für die Chabin mit seinem Leben bezahlt hatte.

Die *dama*, Heilige Männer des Everam, die gleichzeitig als weltliche Führer fungierten, nahmen in der Krasianischen Gesellschaft den höchsten sozialen Rang ein. Sie trugen strahlend weiße Gewänder, die man schon von weitem sah, und dienten als Brücke zwischen den Menschen und ihrem Schöpfer. *Dama* hatten das Recht, jeden beliebigen Stammesangehörigen, der im Rang unter ihnen stand, auf der Stelle und ohne Furcht vor Bestrafung zu töten, wenn sie glaubten, dieser Mann entböte ihnen oder den heiligen Gesetzen, die sie erließen, nicht den gebührenden Respekt.

Abban war acht Jahre alt gewesen, als sein Vater umgebracht wurde. Cob, ein Kurier aus dem Norden, war an ihren Verkaufsstand gekommen, um Vorräte für seine Rückreise einzukaufen. Er galt als hochgeschätzter Kunde, auf den sie überdies angewiesen waren, damit der Warenstrom aus den Grünen Ländern nicht versiegte. Abban behandelte diesen Mann als sei er ein Prinz.

»Auf dem Weg hierher wurde einer meiner Bannzirkel beschädigt«, erklärte Cob, der hinkte und sich beim Gehen auf seinen Speer stützen musste. »Ich benötige Schnüre und Farbe.«

Chabin schnippte mit den Fingern, Abban reichte seinem Vater einen kleinen Topf mit Farbe und sprintete gleich darauf los, um Schnüre zu holen.

»Ein verfluchter Sanddämon hat mir den halben Fuß abgebissen, ehe ich mich in meinen Ersatzzirkel flüchten konnte«, erzählte Cob und hob sein bandagiertes Bein.

Abgelenkt von diesem Anblick, bemerkten weder Chabin noch Cob, dass ein *dama* an ihrem Stand vorbeiging.

Doch der *dama* hatte sie gesehen; vor allen Dingen war ihm übel aufgestoßen, dass Abbans Vater sich nicht unterwürfig verbeugt hatte, wie es sich für einen *khaffit* gehörte, wenn ihm ein Geistlicher begegnete.

»Nieder mit dir, du dreckiger *khaffit*!«, schnauzte der *dal'Sharum*, der den *dama* begleitete.

Vor lauter Schreck über das donnernde Gebrüll wirbelte Chabin herum und verschüttete Farbe auf die blütenweiße Robe des *dama*.

Einen Moment lang schien die Zeit stillzustehen, dann fasste der empörte *dama* über den Verkaufstresen, packte Chabin bei seinem Haupthaar und beim Kinn und drehte seinen Kopf mit einem scharfen Ruck herum. Ein knackendes Geräusch wie von zerbrechendem Holz hallte durch das Zelt, und Abbans Vater fiel tot um.

Seit jenem Tag war über ein Vierteljahrhundert vergangen, doch an diesen entsetzlichen Laut konnte Abban sich noch immer lebhaft erinnern.

Als Abban alt genug war, hatte man gewaltsam versucht, einen Krieger aus ihm zu machen, damit er die

Schande seines Vaters tilgte. Doch obwohl die Zugehörigkeit zu seiner Kaste nicht erblich war, erwies sich Abban als genauso feige und schwach wie sein Vater. Er diente immer noch als Novize, als er durch den brutalen Drill zum Krüppel wurde und ihm gar nichts anderes übrigblieb, als ebenfalls die ehrlose Laufbahn eines *khaffit* einzuschlagen.

Abban nickte ein paar Händlern zu, an deren Buden er vorbeikam. Die meisten Verkäufer waren Frauen, von Kopf bis zu den Füßen in schwere schwarze Tücher gehüllt, obwohl es auch noch andere *khaffit* wie ihn gab. Genau wie Abban konnte man sie leicht an ihrer farbenfrohen Tracht erkennen, doch alle trugen die schlichte gelbbraune Kappe und Weste ihres Standes. Außer den *khaffit* kleideten sich nur die Frauen in bunte, prächtige Sachen, aber auch nur dann, wenn sie entweder mit ihren Männern allein waren oder sich in rein weiblicher Gesellschaft befanden.

Falls die Händlerinnen auf Abban, den *khaffit*, verächtlich herabschauten, so hüteten sie sich, es offen zu zeigen. Wie Abban die Schwächen seines Vaters geerbt hatte, so hatte er auch dessen Stärken als Veranlagung mitbekommen, und seit Abban geschäftlich die Zügel übernommen hatte, war der Familienbetrieb mit jedem Jahr gewachsen. Wer ihn beleidigte, riskierte unweigerlich einen Rückgang seiner Gewinne, denn der fette *khaffit* hatte Kontakte und laufende Transaktionen nicht nur im ganzen Basar, sondern er trieb auch Handel mit Städten, die Hunderte von Meilen weit im Norden lagen. Die meisten Geschäfte mit den Grünen Ländern liefen über Abban, und jeder, der Zugang zu den kostbaren exotischen Gütern haben wollte, ließ sich seine Geringschätzung nicht anmerken.

Doch eine Ausnahme gab es. Als Abban seinen eigenen Pavillon erreichte, hallte ein Ruf über die Straße. Angewidert fasste er den Konkurrenten ins Auge, der auf ihn zuhoppelte.

»Abban, mein Freund!«, trompetete der Mann, der ihm in Wahrheit alles andere als wohlgesonnen war. »Dachte ich mir doch, dass ich deine schrillen, weibischen Klamotten gesehen habe, als du die Straße hochgekommen bist! Wie laufen deine Geschäfte heute?«

In Abban brodelte es, doch er hütete sich, eine ruppige Antwort zu geben. Amit asu Samere am'Rajith am'Majah war ein *dal'Sharum*-Krieger und stand so hoch über Abban dem *khaffit* wie ein Mann über eine Frau erhaben war; und obwohl es eigentlich gegen das Gesetz verstieß, wenn ein *dal'Sharum* einen *khaffit* ohne einen triftigen Grund tötete, so würde derjenige, der es trotzdem tat, nur milde oder gar nicht bestraft werden.

Und deshalb musste Abban beide Augen zudrücken, wenn gelegentlich ein Karren mit Gütern, der ihm gehörte, verschwand, und so tun, als sei dieser Vorfall nie passiert. Er durfte nicht einmal über diesen Verlust reden, geschweige denn einen Diebstahl vermuten, selbst wenn er genau wusste, dass Amits Leute die Sachen geraubt hatten.

Amit war erst seit kurzem auf dem Markt tätig. Ein Sanddämon hatte ihm in einer Schlacht ein Stück aus der Wade herausgebissen, und die Wunde hatte angefangen zu eitern. Zum Schluss blieb den *dama'ting* gar keine andere Wahl, als zu amputieren. Es galt als große Schmach, im Kampf verkrüppelt zu werden und nicht zu sterben, doch da er es geschafft hatte, den Dämon bis zum Sonnenaufgang festzuhalten, war Amit ein Platz im Paradies nach dem Tode sicher.

Im Gegensatz zu Abban trug Amit ausschließlich schwarze Gewänder, wie es sich für einen Krieger geziemte, und der Schleier, mit dem sich die *dal'Sharum* nachts die Gesichter verhüllten, war locker um seinen Hals drapiert. Seinen Speer schleppte er immer noch mit sich herum, obwohl er ihn inzwischen mehr als Gehhilfe denn als Waffe einsetzte, aber er schärfte regelmäßig die Spitze und war schnell bereit, damit zu drohen, wenn jemand seinen Zorn erregte.

Ein Mann in der schwarzen Kriegerkluft zog im Basar die Aufmerksamkeit auf sich, denn hier traf man im Allgemeinen nur Frauen und *khaffit*. Die Leute neigten dazu, wie auf Zehenspitzen um einen Krieger herumzuschleichen, aus Angst, ihm zu nahe zu treten, und deshalb hatte Amit oben an seinen Speer einen grell orangefarbenen Stofffetzen gebunden, um auf seinen Händlerstatus hinzuweisen und das Interesse möglicher Kunden zu wecken.

»Ach, Amit, mein teurer Freund!«, entgegnete Abban und legte einen Ausdruck aufrichtiger Wärme in seine Züge, wie er es bei Tausenden von Kunden geübt hatte. »Bei Everam, ist das schön, dich zu sehen. Wenn du in der Nähe bist, scheint die Sonne gleich heller. Die Geschäfte gehen in der Tat gut. Danke für die Nachfrage.

Vermutlich laufen die Dinge in deinem Pavillon auch bestens?«

»Natürlich, natürlich«, versetzte Amit, während er Abban mit Blicken durchbohrte. Er schien noch mehr sagen zu wollen, doch dann bemerkte er zwei Frauen, die stehen blieben und die Waren auf einem von Abbans Obstkarren prüften.

»Kommt, kommt, verehrte Mütter, da drüben in meinem Pavillon findet ihr Obst von viel besserer Qualität!«, rief Amit. »Wollt ihr lieber bei einem seelenlosen *khaffit* kaufen oder bei einem Krieger, der nächtens todesmutig gegen Dämonenhorden gekämpft hat?«

Nur wenige konnten seine Aufforderung ausschlagen, wenn er sie so formulierte. Die Frauen wandten sich von Abbans Karren ab und steuerten auf Amits Pavillon zu. Amit grinste Abban höhnisch an. Es war nicht das erste Mal, dass er Abban auf diese schäbige Weise ein Geschäft verdorben hatte, und es würde vermutlich auch nicht das letzte Mal sein.

Ein Zischen überlagerte den allgemeinen Radau auf dem Markt, und beide Männer blickten hoch. Mit diesem Laut warnten die Händler sich gegenseitig, wenn *dama* im Anmarsch waren. Überall versteckten die Verkäufer Artikel, deren Besitz das evejanische Gesetz verbot, zum Beispiel Spirituosen oder Musikinstrumente. Selbst Amit schaute schnell an sich hinab, um sich zu vergewissern, dass er keine geächteten Waren bei sich trug.

Wenige Minuten später war der Grund für die Warnung in Sichtweite. Angeführt von einem jungen Geistlichen in vollständigem weißem Habit sammelte eine Gruppe von *nie'dama*, Novizen in weißen Lendentüchern, von denen ein Ende über der Schulter getragen wurde, Brot, Früchte und Fleisch vom Markt ein. Für das, was sie mitnahmen, boten sie keine Bezahlung an, und kein Verkäufer hätte es gewagt, etwas zu fordern. Die *dama* grasten alles ab wie gefräßige Ziegen, und ein Händler, dem sein Leben lieb war, ließ sie widerspruchslos gewähren.

Abban, der aus der Lektion, die man seinem Vater erteilt hatte, seine Lehren gezogen hatte, verbeugte sich beim Erscheinen des *dama* so tief, dass er befürchtete, er könnte vornüberkippen. Amit bemerkte dies, schlug mit dem Schaft seines Speers gegen Abbans Krücke und wieherte vor Lachen, als Abban in den Dreck stürzte. Bei dem Geräusch drehte sich der *dama* zu ihnen um, und Abban, der spürte, wie dessen Blick auf ihm lastete, drückte die Stirn in den Staub und duckte sich wie ein geprügelter Hund. Amit hingegen nickte dem *dama* lediglich respektvoll zu, und der Geistliche erwiderte die Geste.

Nach einer Weile setzte der *dama* seinen Weg fort, doch Abban fing den Blick eines der *nie'dama* auf, eines mageren Jungen von höchstens zwölf Jahren. Der Junge sah Amit an, dann bedachte er den am Boden knienden Abban mit einem hämischen Lächeln, doch ehe er zu seinen Brüdern aufschloss, zwinkerte er Abban verschwörerisch zu.

Und um alles noch schlimmer zu machen, traf ausgerechnet in diesem Moment der *Par'chin* ein.

Wenn man dabei überrascht wurde, wie man am Boden herumkroch, war das ein denkbar schlechter Auftakt für Verhandlungen.

Traurig betrachtete Arlen den am Boden knienden Händler. Er wusste, dass der Gesichtsverlust seinen Freund schmerzhafter treffen würde als jeder Peitschenhieb eines *dama*. Das krasianische Volk besaß viele Eigenschaften, die Arlen bewunderte, doch wie man in dieser Gesellschaft Frauen und *khaffit* behandelte, fand er verabscheuungswürdig. Kein Mensch verdiente es, so gedemütigt zu werden.

Deshalb sah er absichtlich weg, als Abban sich mit Hilfe seiner Krücke wieder hochrappelte, und starrte wie fasziniert auf einen Karren voller Plunder, mit dem er gar nichts anfangen konnte. Erst nachdem Abban wieder auf den Beinen stand und sich den Staub aus der Kleidung geschüttelt hatte, führte Arlen Morgenröte zu ihm hin und tat so, als sei er gerade erst angekommen.

»*Par'chin!*«, rief Abban, den Überraschten mimend. »Ich freue mich, dich zu sehen, Sohn des Jeph! Wenn ich mir dein schwer bepacktes Pferd ansehe, scheint deine Reise ja ein Erfolg gewesen zu sein.«

Arlen kramte eine Dravazi-Vase hervor und reichte sie Abban zur Begutachtung. Wie immer setzte Abban eine angewiderte Miene auf, noch ehe er sich das Stück richtig angesehen hatte. Dabei erinnerte er Arlen immer an den alten Vielfraß, den Besitzer des Gemischtwarenladens in Tibbets Bach, wo er aufgewachsen war. Er ließ niemals durchblicken, ob er sich für ein Teil interessierte, solange noch gefeilscht wurde.

»Schade, ich hatte mir mehr versprochen«, meinte Abban, obwohl die Vase schöner war als jeder andere Artikel, den Arlen in seinem Pavillon je gesehen hatte. »Ich glaube nicht, dass du viel dafür kriegen wirst.«

»Erspar mir die Dämonenscheiße«, fauchte Arlen. »Wegen dieser Sachen bin ich um ein Haar von Horclingen getötet worden, und wenn du nicht bereit bist, sie mir zu einem guten Preis abzukaufen, biete ich sie woanders an!«

»Du kränkst mich, Sohn des Jeph«, lamentierte Abban. »Mich, der dir die Karten und die Ratschläge gegeben hat, die dich überhaupt erst zu diesen Schätzen führten!«

»An dem Ort wimmelt es von seltsamen Dämonen«, beschwerte sich Arlen. »Das treibt den Preis in die Höhe.«

»Seltsame Dämonen?«, wunderte sich Abban.

Arlen nickte. »Sie haben stumpfe Schnauzen und dieselbe Farbe wie die Klippen«, berichtete er. »Die Biester sind nicht größer als ein Hund, aber sie wuselten dort zu Hunderten herum.«

Abban nickte. »Lehmdämonen«, klärte er Arlen auf. »Baha kad'Everam ist buchstäblich mit ihnen verseucht.«

»Bei der Nacht, das wusstest du?!«, brüllte Arlen. »Du hast es gewusst und mich trotzdem ohne ein Wort der Warnung dort hingeschickt?«

»Was, ich hatte dir nichts von den Lehmdämonen erzählt?«, staunte Abban.

»Nein, du Ausgeburt des Horc, das hast du nicht! Ich hatte nicht einmal wirksame Siegel dabei, um mich vor ihnen zu schützen!«

Abban wurde blass. »Und wieso nicht, *Par'chin?* Jedes dumme Kind kennt doch Lehmdämonen.«

»Ja, wenn es in einer verdammten Wüste geboren wurde!«, knurrte Arlen. »Dasselbe habe ich schon zu hören gekriegt, als ich in den verfluchten Minen des Herzogs von einem Rudel Schneedämonen angegriffen wurde. Ich sollte meine gesamte Ausbeute in den Norden nach Fort Rizon bringen, einfach um es dir heimzuzahlen!«

»Oh, das wird nicht nötig sein, *Par'chin!*«, rief jemand. Arlen blickte in die Richtung und sah einen *dal'Sharum*, der über die Straße auf sie zuhumpelte. Er hatte den Mann noch nie zuvor gesehen, war jedoch nicht überrascht, dass der ihn erkannte. Die meisten *dal'Sharum* hatten zumindest von dem *Par'chin* gehört, falls sie ihm noch nicht persönlich begegnet waren.

Das Wort *chin* bedeutete dem Sinn nach »Fremder«, aber so, wie es üblicherweise angewandt wurde, sollte es eine Beleidigung sein und galt als Synonym für »Feigling« und »Schwächling«. Ein *chin* war noch geringer als ein *khaffit.* »*Par'chin*« hieß jedoch »tapferer Fremder«, und diese Anrede beschränkte sich ausschließlich auf Arlen, den einzigen Mann aus der Region der Grünen Länder, der jemals die Sitten und Gebräuche des

Wüstenspeers gelernt und im *alagai'sharak* Seite an Seite mit den *dal'Sharum* gekämpft hatte.

»Erlaube mir, dass ich mich vorstelle«, begann der Fremde auf Krasianisch und griff in der Geste, mit der Krieger einander begrüßten, nach Arlens Unterarm. Er sprach nicht die Sprache des Nordens, wie Abban es tat, doch im Gegensatz zu den meisten anderen Kurieren beherrschte Arlen fließend Krasianisch. »Ich bin Amit asu Samere am'Rajith am'Majah«, fuhr der Mann fort. »Verrate mir, in welcher Weise dieser jämmerliche *khaffit* dich enttäuscht hat, und ich überbiete jedes seiner Angebote.«

Abban packte Arlen beim Arm. »Wenn du ihm erzählst, dass du Keramiken aus einer geweihten Stätte gestohlen hast, *Par'chin*«, warnte er ihn im nördlichen Zungenschlag, »dann werden wir beide noch vor Einbruch der Nacht vor das Stadttor geschleift und an Pfähle gebunden.«

»*Khaffit!*«, donnerte Amit. »Es ist der Gipfel an Unkultiviertheit, in der Gesellschaft von Männern irgendeine barbarische Sprache zu benutzen!«

»Ich bitte tausendmal um Entschuldigung, edler *dal'Sharum*«, winselte Abban, verneigte sich tief und wich ein Stück zurück, damit Amit ihn nicht noch einmal zu Fall bringen konnte.

»Du wirst doch wohl keinen Handel mit einem wie dem da treiben, diesem schweinefressenden halben Mann«, wandte sich Amit an Arlen. »Du hast in der Nacht gegen die Horclinge gekämpft! Es ist unter deiner Würde, dich mit einem *khaffit* zu befassen. Ich hingegen habe meine Hände in Dämonenblut getaucht, so wie du. Bevor ich mein Bein verlor, habe ich dafür gesorgt, dass zwölf dieser Ausgeburten die Sonne sehen konnten!«

»Nanu«, murmelte Abban in Arlens Sprache, »als er das letzte Mal damit prahlte, waren es nur ein halbes Dutzend. Offenbar werden es immer mehr.«

»Hey, was hast du gesagt, *khaffit*?«, herrschte der Händler, der kein Wort verstanden hatte, sich aber denken konnte, dass es sich um eine Beleidigung handelte, Abban an.

»Ach, gar nichts, verehrter *dal'Sharum*«, erwiderte Abban und verbeugte sich geschmeidig.

Amit versetzte ihm einen Schlag ins Gesicht. »Ich sagte bereits, dass es vulgär ist, diese primitiven Grunzlaute von sich zu geben!«, schnauzte er. »Entschuldige dich bei dem *Par'chin*!«

Arlen verlor die Geduld. Er stampfte mit seinem Speer auf den Boden und fuhr wütend zu dem Händler herum. »Du verlangst von einem Mann, dass er sich entschuldigt, weil er sich mit mir in meiner eigenen Sprache unterhalten hat?«, schrie er und verpasste Amit einen so heftigen Stoß, dass er zu Boden ging. Einen Moment lang flackerte eine unbändige Wut in Amits Augen auf, und er hielt seinen Speer, als wollte er Arlen damit angreifen, doch dann wanderte sein Blick zu Arlens kräftigen Beinen und gleich darauf zu seinem eigenen Stumpf, und er besann sich eines Besseren. Anstatt aufzubrausen, neigte er leicht den Kopf.

»Verzeih mir, *Par'chin*«, stieß er zwischen zusammengebissenen Zähnen hervor, als hätten die Worte einen faulen Geschmack, »ich wollte dich nicht beleidigen.«

Das Kastensystem schrieb ihm genau vor, wie er sich zu verhalten hatte. Amit hatte Arlen als einen Kriegerkameraden begrüßt, und unter den Kriegern herrschte eine ganz bestimmte Hackordnung. Der Schwache unterwarf sich dem Starken. Wegen seines Holzbeins stand Amit auf der untersten Stufe dieser Rangfolge. In den Augen eines starken Kriegers galt er auch nicht viel mehr als ein *khaffit*. Kein Wunder, dass Amit sich entschieden hatte, den Basar zu seiner neuen Heimstatt zu machen.

Arlen zielte mit seinem Speer auf Amit. »Wage es nicht noch einmal, so über meine Heimat zu sprechen«, knurrte er drohend. »Denn dann wird dein Blut den Staub der Straße tränken!«

Natürlich meinte er es nicht ernst, aber das brauchte Amit nicht zu wissen. Wer von den *dal'Sharum* respektiert werden wollte, musste Härte demonstrieren.

Abban umklammerte Arlens Arm und bugsierte ihn hastig in seinen Pavillon hinein, bevor dieser Zwischenfall noch weiter eskalieren konnte.

»Hah!«, triumphierte er, als sie drinnen standen und die schwere Zeltklappe sich hinter ihnen schloss. »Dafür, dass ich das mitangesehen habe, wird Amit mich einen ganzen Monat lang schikanieren, aber auf diese Szene hätte ich um keinen Preis der Welt verzichten wollen, sie ist mir jede Beleidigung und jeden Hieb wert!«

»Es ist nicht richtig, dass du dir eine solche Behandlung gefallen lassen musst«, protestierte Arlen zum vielleicht tausendsten Mal.

Doch Abban winkte nur ab. »Ob falsch oder richtig, so läuft das hier nun mal, *Par'chin*«, erwiderte er. »Es mag ja sein, dass man in deiner Heimat mit Leuten wie mir anders umgeht, aber hier im Wüstenspeer kann man solche Forderungen nicht stellen. Genauso gut könnte man von der Sonne verlangen, nicht so heiß zu brennen.«

In Abbans Zelt herrschte eine angenehme Kühle. Sofort eilten seine Frauen herbei, um Arlen das staubige Übergewand und die Stiefel auszuziehen und ihm ein sauberes Kleidungsstück zu reichen, damit er es sich gemütlich machen konnte. Sie stapelten Kissen für die Männer auf, brachten Krüge mit Wasser und Schalen voller Obst oder Fleisch und servierten Tassen mit dampfendem Tee. Nachdem die Männer die Erfrischungen zu sich genommen hatten, holte Abban eine kleine Flasche und zwei winzige Tonbecher.

»Komm, *Par'chin*, trink mit mir«, schlug er vor. »Wir wollen unsere Nerven beruhigen und unserem Wiedersehen einen neuen Anfang geben.« Zweifelnd blickte Arlen auf seinen winzigen Becher, dann zuckte er mit den Schultern und nippte daran.

Im nächsten Moment spuckte er den Schluck wieder aus und griff hektisch nach dem Wasserkrug. Abban lachte und strampelte vor Vergnügen mit den Beinen.

»Hast du vor, mich zu vergiften?«, krächzte Arlen, aber sein Groll verflog, als Abban seinen eigenen Becher an den Mund führte und ihn in einem Zug leertrank.

»Was zum Horc ist dieses fürchterliche Gesöff?«, fragte er.

»Couzi«, erklärte Abban. »Er wird aus destilliertem, gegorenem Getreide und Zimt hergestellt. Bei Everam, *Par'chin*, wie viele Fässchen Couzi hast du schon durch die Wüste transportiert, ohne je davon gekostet zu haben?«

»Meine Waren rühre ich nicht an«, entgegnete Arlen. »Und ich finde, das Zeug schmeckt eher wie die Spucke eines Flammendämons, nicht nach Zimt.«

»Couzi kann man auch als Ersatz für Lampenöl benutzen«, pflichtete Abban ihm lächelnd bei. Er füllte Arlens Becher nach und reichte ihn an ihn weiter. »Den ersten kippt man am besten schnell runter«, riet er und füllte seinen eigenen Becher auf. »Und wenn du beim dritten angelangt bist, schmeckst du den Zimt heraus.«

Arlen stürzte den Inhalt des Bechers herunter und wäre beinahe erstickt. Seine Kehle brannte, als hätte er gerade siedendes Wasser getrunken.

»Das Gesöff scheint direkt aus dem Horc zu stammen«, würgte er hervor, aber er erlaubte, dass Abban ihm einen zweiten Becher einschenkte.

»Darin stimmen die *Damaji* mit dir überein«, versetzte Abban schmunzelnd. »Das evejanische Gesetz verbietet den Genuss von Couzi, aber wir *khaffit* dürfen ihn herstellen und an die *chin* verkaufen.«

»Und ein bisschen behältst du für deinen eigenen Bedarf«, meinte Arlen.

Abban schnaubte durch die Nase. »Ich verkaufe mehr Couzi an Einheimische als an Kunden aus den Grünen Ländern, *Par'chin*. Eine kleine Flasche genügt, um selbst einen großen Mann zu beduseln, deshalb kann man ihn problemlos direkt vor den Augen der *dama* schmuggeln. *Khaffit* trinken ihn fassweise, und *dal'Sharum* nehmen ihn ins Labyrinth mit, um sich für die Nacht Mut anzutrinken. Sogar ein paar *dama* sind auf den Geschmack gekommen.«

»Und du hast keine Angst, dass du in deinem nächsten Leben dafür büßen musst, wenn du verbotene Getränke an Geistliche verkaufst?«, erkundigte sich Arlen, bevor er den nächsten Becher leerte. Dieses Mal rann der Couzi schon viel glatter die Kehle herunter.

»Wenn ich an solchen Blödsinn glauben würde, hätte ich ganz sicher Angst, *Par'chin*«, erwiderte Abban. »Deshalb ist es gut, dass ich es nicht tue.«

Arlen schlürfte bereits den dritten Becher; mittlerweile war sein Gaumen viel zu taub, um noch ein Brennen zu spüren. Er genoss den Zimtgeschmack und staunte, dass er ihm nicht schon vorher aufgefallen war. Er fühlte sich, als schwebte sein Körper über den bestickten Seidenkissen, auf denen er ruhte. Abban wirkte gleichermaßen entspannt, und als die kleine Flasche leer war, lachten sie ohne Grund und klopften sich gegenseitig auf den Rücken.

»Können wir jetzt, da wir wieder Freunde sind, noch einmal zum Geschäftlichen zurückkehren?«, fragte Abban.

Arlen nickte und sah zu, wie Abban sich schwankend auf die Beine stellte und zu den bahavanischen Töpferwaren stolperte, die seine Frauen von Morgenröte abgeladen und ins Zelt geschleppt hatten. Selbstverständlich setzte Abban sofort wieder seine einstudierte gleichgültige Miene auf, als er sich zum Feilschen rüstete.

»Die meisten dieser Stücke stammen aber nicht von Dravazi«, stellte er fest.

»In der Werkstatt des Meisters war nicht viel zu holen«, log Arlen. »Außerdem sollten wir zuerst über deinen Mangel an Aufrichtigkeit sprechen, ehe wir über Geld reden. Immerhin hast du mich auf diese Reise geschickt, ohne mich vor den Gefahren zu warnen.«

»Was spielt das für eine Rolle?«, hielt ihm Abban entgegen. »Du bist mit heiler Haut davongekommen, wie immer.«

»Es spielt eine Rolle, weil ich gar nicht erst zu dieser Exkursion aufgebrochen wäre, wenn ich gewusst hätte, dass es dort von Dämonen wimmelt, gegen die ich mich nicht einmal wehren kann, weil ich nicht die richtigen Schutzsiegel besitze«, beharrte Arlen.

Doch Abban lächelte nur spöttisch und wedelte lässig mit der Hand. »Welchen Grund könnte ich haben, dich zu belügen, Sohn des Jeph?«, fragte er. »Du bist der *Par'chin*, der Tapfere, der es wagt, überall hinzugehen! Hätte ich dir von den Lehmdämonen erzählt, hätte es dich umso mehr gereizt, diesen Ort aufzusuchen und ihnen in die Augen zu spucken!«

»Durch Schmeicheleien kannst du dich nicht aus der Affäre ziehen, Abban«, warnte Arlen, obwohl das Kompliment seinen von Couzi benebelten Geist erwärmte. »Da musst du dir schon etwas Besseres einfallen lassen.«

»Was verlangt der *Par'chin* von mir?«, wollte Abban wissen.

»Ich will ein Grimoire mit Siegeln, die einen vor Lehmdämonen schützen«, erklärte Arlen.

»Abgemacht«, stimmte Abban zu, »und es kostet dich gar nichts. Ich schenke es dir, mein Freund.« Arlen lupfte verwundert die Augenbrauen. Siegel waren ein kostbares Gut, und Abban war nicht gerade freigiebig mit Geschenken.

»Betrachte es als eine Investition«, erklärte Abban. »Sogar schlichte bahavanische Keramiken sind wertvoll. Ein Hauch von Gefahr umgibt sie, und der Käufer hat den Eindruck, dass er eine Rarität ersteht.« Er sah Arlen prüfend an. »Gibt es in dem Dorf noch mehr Töpferwaren?«, fragte er.

Arlen nickte.

»Nun«, fuhr Abban fort, »was würde es mir nützen, wenn du zu Tode kämest, bevor du das Zeug da rausholen kannst?«

»Klingt plausibel«, räumte Arlen ein. »Trotzdem wundere ich mich, wieso du mir solch ein Geschenk anbieten kannst. Ist es dir nicht verboten, Bücher mit Abbildungen von Siegeln auch nur anzurühren?«

Abban gluckste vergnügt in sich hinein. »Für einen *khaffit* ist fast alles tabu, *Par'chin*. Aber du hast Recht, die *dama* betrachten die Kunst des Bannzeichnens als etwas Heiliges und sind die Hüter der Bücher, in denen die Siegel aufgeführt sind.«

»Und dennoch kannst du mir ein Grimoire mit Siegeln gegen Lehmdämonen besorgen«, sinnierte Arlen.

»Und zwar direkt unter den Augen der *dama*!« Abban lachte und schnippte vor Arlens Nase mit den Fingern. Arlen torkelte betrunken zurück, fiel auf die aufgetürmten Kissen, und beide Männer schüttelten sich wieder vor Lachen.

»Und wie willst du das bewerkstelligen?«, hakte Arlen nach.

»Ach, mein Freund«, seufzte Abban und drohte Arlen mit dem Finger, »du kannst nicht von mir verlangen, dass ich dir meine Geschäftsgeheimnisse verrate.«

»Dämonenscheiße!«, schimpfte Arlen. »Deine Karte von Baha wich um einen Tagesritt von der Realität ab. Wenn mein Leben von diesen Karten und Siegeln abhängt, die du mir verschaffen willst, dann muss ich wissen, ob ich mich auf die Angaben auch wirklich verlassen kann.«

Abban sah ihn eine geraume Zeit an, zuckte schließlich mit den Schultern und setzte sich wieder neben Arlen. Dann schnippte er mit den Fingern, und eine seiner schwarz gekleideten Frauen brachte noch eine Flasche Couzi. Sie kniete nieder, um die Becher zu füllen, ehe sie sich nach einer tiefen Verbeugung entfernte. Die Männer stießen mit den Bechern an und tranken.

Abban beugte sich dicht an Arlen heran. »Nun gut, ich werde es dir erzählen, *Par'chin*«, wisperte er. »Aber nicht, weil du ein gerngesehener Kunde bist, sondern weil ich dich als meinen aufrichtigen Freund betrachte. Der *Par'chin* hat mich ehrlosen *khaffit* immer behandelt wie einen vollwertigen Mann.«

Arlen schniefte spöttisch und füllte ihre Becher auf. »Du *bist* ein vollwertiger Mann«, betonte er mit Nachdruck.

Dankbar neigte Abban sein Haupt und lehnt sich wieder nach vorn. »Ich lasse mir von Jamere helfen, meinem Neffen«, vertraute er Arlen an. »Sein Vater war ein *dal'Sharum*, aber er starb, als der Junge noch in den Windeln lag. Die Familie des Vaters war nicht vermögend, deshalb kehrte meine Schwester in meinen Pavillon zurück und zog den Jungen hier im Basar groß. Vor kurzem erreichte er die Volljährigkeit und wurde mitgenommen, um seinen Lebensweg zu finden, aber er ist dünn und schmächtig, und die Exerziermeister der *dal'Sharum* konnten nichts mit ihm anfangen. Dafür waren die *dama* von seinem Verstand beeindruckt, und sie nahmen ihn als Schüler auf.«

»War er einer der *nie'dama*, die heute über den Markt gingen?«, fragte Arlen, und Abban nickte.

»Jamere mag zwar ein angehender Geistlicher sein«, erklärte Abban, »aber der Junge ist durch und durch verdorben und hat noch weniger Glauben als ich. Er wird ohne eine Spur von Bedenken jede beliebige Schriftrolle, die sich im Tempel befindet, kopieren oder auch stehlen, wenn ich ihm sage, ich hätte einen Käufer dafür und würde den Profit mit ihm teilen.«

»Ganz gleich, um welche Schriftrolle es sich handelt?«, vergewisserte sich Arlen.

»Es wäre ihm völlig egal!«, bekräftigte Abban und schnippte erneut mit den Fingern. »Er würde sogar die Karten stehlen, auf denen der Weg zu der verlorenen Stadt Anochs Sonne eingezeichnet ist!«

Arlen glaubte, ihm bliebe das Herz stehen. Anochs Sonne war das uralte Machtzentrum von Kaji, dem Mann, den die Krasianer als ihren ersten Erlöser verehrten. Vor ungefähr dreitausend Jahren hatte Kaji die damals bekannte Welt erobert; die Wüste und die dahinter liegenden Grünen Länder, und die gesamte Menschheit in einem Krieg gegen die Horclinge geeint. Mit Hilfe von Waffen, die mit magischen Schutzzeichen versehen waren, schlachteten sie so viele Dämonen ab, dass man Jahrhunderte lang annahm, die Menschen hätten gesiegt, die Horclinge seien ausgerottet und die Gefahren der Nacht gebannt.

Doch wie man mittlerweile wusste, war dieser Sieg nicht von langer Dauer gewesen. Die Dämonen hatten sich in den Horc zurückgezogen, wohin ihnen niemand folgen konnte, und dort abgewartet. Sie hatten darauf gelauert, dass ihre Feinde alt wurden und starben. Und dass deren Kinder und Kindeskinder verschieden. Selbst unsterblich, harrten die Horclinge aus, bis man oben, an der Oberfläche der Welt, ihre Existenz beinahe vergaß. Verborgen im Horc hielten die Dämonen still, bis man sie nur noch für einen Mythos hielt und die alten Symbole der Macht, die die Menschen im Kampf gegen sie eingesetzt hatten, als volkstümliches, ohnehin nur bruchstückhaft überliefertes Brauchtum gänzlich in Vergessenheit gerieten.

Und während die Dämonen auf günstigere Zeiten warteten, hatten sie sich vermehrt. Als sie dann wieder auftauchten, holten sie sich alles zurück, was sie eingebüßt hatten, und noch viel mehr.

Die grundlegenden Siegel der Abschreckung und des Schutzes fand man gerade noch rechtzeitig, um ein paar Überreste der Menschheit zu retten, doch die alten Kampfsiegel des Kaji, Symbole, die einer Waffe die Kraft verliehen, einen Horcling zu töten, waren verlorengegangen. Seit Jahren durchkämmte Arlen Ruinen, in der Hoffnung, irgendwo eine Spur von ihnen zu finden, doch bis jetzt hatte er noch nicht mal einen Anhaltspunkt entdeckt, der darauf hindeutete, dass es diese magischen Zeichen tatsächlich gegeben hatte, geschweige denn die Siegel selbst.

Wenn er überhaupt fündig werden wollte, dann musste er in Anochs Sonne nach diesen Kampfsiegeln suchen, so viel stand für ihn fest. Die Krasianer beteten, indem sie sich hinknieten und das Gesicht nach Nordwesten wandten, wo die verlorene Stadt angeblich lag. Schon zweimal hatte Arlen nach Kajis ehemaligem Wohnsitz geforscht, aber der Ort befand sich irgendwo in einem Umkreis von mehreren Tausend Quadratmeilen Wüste, und bei seinen Erkundungen war er sich vorgekommen, als hielte er inmitten eines Sandsturms Ausschau nach einem ganz bestimmten Sandkorn.

»Besorge mir die Karte mit dem Lageplan von Anochs Sonne«, schlug Arlen vor, »und du bekommst die gesamte Ausbeute an bahavanischer Keramik umsonst. Ich kehre sogar mit einem Karren zurück, auf eigene Rechnung, um noch eine Fuhre hierherzuschaffen.«

Abbans Augen weiteten sich vor Überraschung, dann prustete er belustigt los und schüttelte den Kopf. »Hast du nicht gemerkt, dass das ein Scherz sein sollte,

Par'chin?«, wunderte er sich. »Die verlorene Stadt des Kaji ist ein Mythos.«

»Nein, das stimmt nicht«, widersprach Arlen. »Sie wird in den historischen Aufzeichnungen erwähnt, die in der herzoglichen Bibliothek von Fort Miln aufbewahrt werden. Ich habe die Textstellen selbst gelesen. Diese Stadt existierte wirklich.«

Abban fixierte ihn mit leicht zusammengekniffenen Augen. »Angenommen, du hast Recht und ich könnte die Karte beschaffen«, begann er. »Die Heilige Stadt ist sakrosankt. Wenn die *dama* jemals erfahren, dass du dort warst, verlieren wir beide unser Leben.«

»Worin liegt der Unterschied zu Baha kad'Everam?«, hielt Arlen dagegen. »Sagtest du nicht, du und ich würden zum Tode verurteilt, falls herauskäme, dass ich Keramiken aus den Ruinen geplündert hätte?«

»Diese beiden Städte unterscheiden sich wie Tag und Nacht«, legte Abban dar. »Baha ist so unbedeutend wie Kamelpisse, ein Nest, in dem nur *khaffit* hausten. Einzig und allein weil das Gesetz des Evejah es gebietet, tanzten die *dal'Sharum* dort den *alagai'sharak*, um die Gräber der Bahavaner zu weihen, damit die Toten die Gelegenheit erhalten, in einer höheren Kaste wiedergeboren zu werden. Außerdem gibt es in jedem krasianischen Palast Keramiken von Dravazi. Ein paar neue Stücke auf dem Markt finden nur Beachtung bei Käufern, die erpicht darauf sind, ihre Sammlung zu erweitern.

Anochs Sonne hingegen ist der heiligste Ort der Welt«, fuhr Abban fort. »Wenn du, ein *chin*, ihn schändest, fordert jeder Mann, jede Frau und jedes Kind deinen Kopf. Und jedes Teil, das du eventuell mitbringst, zieht viele Fragen nach sich.«

»Ich würde niemals einen Frevel begehen«, verteidigte sich Arlen. »Mein Leben lang habe ich die altertümliche Welt studiert. Jedes einzelne Fundstück würde ich mit der allergrößten Ehrerbietung behandeln.«

»Allein die Tatsache, dass du einen Fuß in diese hochheilige Stätte gesetzt hast, gälte bereits als ein Sakrileg, *Par'chin*«, klärte Abban ihn auf.

»Dämonenscheiße!«, fluchte Arlen. »Seit Jahrtausenden war niemand mehr da, und als Kaji noch lebte, herrschte er nicht nur über dein Volk, sondern sein Imperium umfasste auch meine Heimat. Ich habe dasselbe Recht, dort hinzugehen, wie jeder andere.«

»Das mag ja sein, *Par'chin*«, gab Abban zu. »Aber in Krasia wirst du kaum jemanden finden, der deine Meinung teilt.«

»Das stört mich nicht«, versetzte Arlen und sah Abban fest in die Augen. »Entweder du beschaffst mir die Karte, oder ich nehme Dravazis Keramiken mit nach Hause und verkaufe die Waren, die ich für meine Auftraggeber im Norden hier veräußern soll, an die anderen Händler im Basar.«

Abban starrte eine Weile zurück, und Arlen konnte beinahe die Kugeln des Abakus im Kopf seines Freundes klicken hören, als der sich die Höhe seines Verlustes ausrechnete, sollte Arlen seine Drohung wahrmachen. Nur wenige Kuriere waren bereit, sich den Gefahren der krasianischen Wüste und der Bedrohung durch ihre Bewohner auszusetzen. Arlen kam dreimal häufiger als die anderen Kuriere in den Wüstenspeer, und er beherrschte die krasianische Sprache gut genug, um überall im Basar seine Geschäfte tätigen zu können.

»Na schön, *Par'chin*«, lenkte Abban schließlich ein. »Aber für alles, was aus dieser Angelegenheit entsteht, musst du den Kopf hinhalten. Ich weiß von gar nichts. Und auf gar keinen Fall werde ich mit Artefakten aus Anochs Sonne Handel treiben.«

Arlen war verblüfft, denn bisher kannte er Abban als einen Mann, der sich keine Chance auf Profit entgehen ließ.

Ein Narr ist jemand, der es besser weiß und sich trotzdem nicht davon abhalten lässt, eine Torheit zu begehen, hörte er die Stimme seines Vaters in seinem Kopf.

Arlen verdrängte jeden Gedanken daran, dass Jeph Recht haben könnte. Der Lockruf der verlorenen Stadt übte eine unwiderstehliche Wirkung auf ihn aus, und er fand, dieses Abenteuer sei jedes Risiko wert.

»Ich werde niemandem ein Sterbenswörtchen von unserer Abmachung verraten«, gelobte er.

»Noch heute lasse ich meinem Neffen eine Nachricht zukommen«, überlegte Abban. »Jeden Abend findet sich ein rangniederer *dama* bei mir ein, um Couzi abzuholen, und als Gegenleistung überbringt er dem Jungen Botschaften. In seiner morgigen Antwort wird Jamere uns mitteilen, wie lange er braucht, um die gewünschten Texte zu kopieren, und wo und wann wir uns mit

ihm für die Übergabe treffen. Du musst mich beglei-
ten, *Par'chin*, denn eine Karte, auf der die Lage von
Anochs Sonne verzeichnet ist, schmuggle ich nicht in
mein Zelt.«

Arlen nickte. »Mir soll alles recht sein, mein Freund.
Von mir bekommst du jede Hilfe, die du brauchst.«

»Ich hoffe, du meinst, was du sagst, *Par'chin*«, entgegnete Abban.

»Wir müssen diese Sachen hier anziehen«, erklärte Abban
und hielt schwarze *dal'Sharum*-Gewänder in die Höhe.
Verdutzt starrte Arlen ihn an. Obwohl er manchmal zusammen mit den *dal'Sharum* im Labyrinth kämpfte, erlaubte man ihm nicht, die schwarze Tracht anzulegen,
während Abban ...

»Was passiert, wenn man uns in diesem Aufzug erwischt?«, wollte er wissen.

Abban stärkte sich mit einem großen Schluck Couzi
direkt aus der Flasche, die er gleich darauf an Arlen
weiterreichte. »Das sollten wir uns lieber nicht aus-
malen«, erwiderte er. »Die Übergabe findet bei Nacht
statt, und in der Dunkelheit fallen wir in diesen Gewän-
dern nicht so auf. Selbst wenn man uns sieht, bieten die
Nachtschleier eine zusätzliche Tarnung, solange wir vor
jedem davonlaufen, der uns entdeckt.«

Arlen blickte skeptisch auf Abbans lahmes Bein, ver-
kniff sich jedoch jeden Kommentar. »Wir gehen nachts

nach draußen?«, fragte er. »Verbietet das nicht euer evejanisches Gesetz?«

»Was an diesem von Nie ausgeheckten Plan ist *nicht* verboten, *Par'chin*?«, schnauzte Abban, schnappte sich die Couziflasche und trank. »Die Stadt ist durch Siegel gut geschützt. Seit Menschengedenken hat man auf den Straßen von Krasia keinen Horcling mehr gesehen.«

Arlen zuckte die Achseln. »Und wenn schon. Mir wäre das ohnehin egal.«

»Das dachte ich mir«, grummelte Abban und gönnte sich den nächsten Schluck Couzi. »Der *Par'chin* fürchtet sich vor nichts.«

Sie warteten bis zum Sonnenuntergang, dann schlüpften sie in die schwarze Kriegerkluft. Arlen bewunderte sich in einem von Abbans vielen Spiegeln, und zu seiner Überraschung entdeckte er, dass er mit ein wenig Schminke um die Augen und dem hochgezogenen Nachtschleier wie ein typischer krasianischer Krieger aussah, nur dass die echten Krasianer ihn um ein paar Zoll überragten.

Abban hingegen hielt keiner näheren Betrachtung stand. Er war groß gewachsen wie ein Krieger, aber ohne seine Krücke musste er sich schwer auf den Speer stützen, und mit dem vorgewölbten Bauch, über den sich die Kleidung spannte, glich er ganz und gar nicht den schlanken, sehnigen *dal'Sharum*.

Die Nacht hatte sich herabgesenkt, als sie die Zeltklappe hochschlugen und hinausspähten. Aus der Ferne hörte Arlen die Signalhörner der *dal'Sharum* und die gebrüllten Meldungen der Artillerie und hätte sich am liebsten in den Kampf gestürzt.

Eine größere Gefahr gibt es nicht, warnte die Stimme in seinem Kopf, und ausnahmsweise pflichtete Arlen seinem Vater bei. *Alagai'sharak* war ein herrlicher Wahnsinn, doch ohne die Kampfsiegel aus der alten Zeit blieb der Krieg gegen die Horclinge ein im Grunde sinnloses, aberwitziges Wagnis. Allerdings fand er die Art und Weise, wie die Leute im Norden sich jede Nacht hinter Siegeln verschanzten, auch nicht vernünftiger. Im offenen Kampf verloren die Menschen ihr Leben, und durch das feige Versteckspiel starben ihre Seelen ab. Es musste einen dritten Weg geben, um dem Bösen zu trotzen, doch nur die alten Siegel konnten ihnen dabei helfen, ihn zu beschreiten.

Mit einem kleinen, von einem Kamel gezogenen Karren fuhren sie an ihren Bestimmungsort. Um den Lärm möglichst gering zu halten, waren die Hufe des Kamels und die Wagenräder mit Lederpolstern umwickelt und verursachten so auf den staubigen, mit Sandstein gepflasterten Straßen nur ein leises, knirschendes Geräusch. Während sie den Stadtkern durchquerten, wagten sie es nicht, ein Licht anzuzünden, aber über der Wüste glitzerte ein Sternenmeer, und das Flackern der Siegel im Labyrinth erinnerte an Blitze in einem Unwetter, die in unregelmäßigen Abständen aufflammten und ihre Umgebung in einen grellen Schein tauchten.

»Wir treffen Jamere am Sharik Hora, dem Tempel der Gebeine der Helden«, flüsterte Abban. »Weit kann er sich von den Zellen der Schüler nicht entfernen.«

Arlen verspürte einen vorübergehenden Anflug von schlechtem Gewissen. Der gigantische Sharik Hora war Tempel und Begräbnisstätte zugleich, die gesamte Konstruktion bestand aus *dal'Sharum*, die im *alagai'sharak* gefallen waren. Der Mörtel war mit ihrem Blut vermischt. Aus ihren Knochen und ihrer Haut hatte man die Einrichtung gefertigt. Hunderttausende, vielleicht sogar Millionen von Kriegern hatten ihr Leben für das Ideal geopfert, das der Tempel versinnbildlichte, und ihre Körper gegeben, damit man aus ihnen die Wände und die gewaltige Dachkuppel baute.

In Fort Krasia gab es keinen heiligeren Ort als den Sharik Hora, und er, Arlen, schlich sich im Schutz der Nacht dorthin, um etwas daraus zu stehlen. Mit dem Ziel, Anochs Sonne zu finden und auszurauben, wie er bereits Baha kad'Everam geplündert hatte.

Ist das alles, was ich bin?, fragte sich Arlen. *Ein Grabschänder? Ein Mann ohne Ehre?*

Fast hätte er Abban gebeten, umzukehren. Doch dann dachte er an den riesigen Tempel, und daran, dass die *dal'Sharum* mittlerweile nicht einmal mehr alle Plätze dort füllen konnten, weil sie dabei waren, sich in einem endlosen Zermürbungskrieg zu verzetteln. Und das nur, weil eine Gruppe Heiliger Männer wertvolles Wissen zurückhielt. Die Fürsorger im Norden waren nicht viel besser, und Arlen hatte niemals Bedenken gehabt, ihre Vorschriften zu brechen.

Es sind ja nur Kopien, beruhigte er sich selbst. *Ich stehle nicht, ich zwinge diese Leute nur, ihre Kenntnisse mit mir zu teilen.*

Trotzdem begehst du ein Unrecht, beharrte die Stimme in seinem Kopf.

Sie ließen den Karren in einer zwei Block entfernten Gasse stehen und legten den Rest des Weges zu Fuß zurück. Die Straßen waren menschenleer. Als sie sich dem Tempel näherten, band Abban ein helles Stück Tuch an das Ende seines Speers und schwenkte es hin und her. Nicht lange, und aus einem Fenster im zweiten Stock winkte jemand mit einem ähnlichen Stofffetzen.

»Hier entlang, schnell«, wisperte Abban und hinkte auf das Fenster zu, so schnell es sein lahmes Bein erlaubte. »Wenn sie Jamere außerhalb seiner Zelle aufgreifen ...« Er sprach den Satz nicht zu Ende, aber Arlen konnte sich den Rest auch ohne viel Fantasie vorstellen.

Als sie sich mit dem Rücken gegen die Tempelwand pressten, wurde aus dem Fenster ein dünnes seidenes Seil heruntergelassen. Der Junge, der daran nach unten glitt, mochte zwar mager sein, aber er bewegte sich mit der geschmeidigen Anmut eines Kriegers. Die *dama* beherrschten meisterhaft die brutale krasianische Kunst des waffenlosen Nahkampfs, der als *sharusahk* bezeichnet wurde. Arlen hatte diese Technik bei den bedeutendsten Lehrern unter den *dal'Sharum* studiert, doch während *sharusahk* bei den Kriegern nur einen Teil der Ausbildung darstellte, widmeten die *dama* sich ihr ganzes Leben lang seiner Vervollkommnung. Noch nie hatte Arlen einen *dama* tatsächlich kämpfen sehen – keiner war so töricht, einen Geistlichen anzugreifen –, aber er sah, wie sie sich mit absoluter Körperbeherrschung bewegten. Er zweifelte nicht daran, dass sie meisterhaft töten konnten.

»Ich habe nur einen Moment Zeit, Onkel«, erklärte der Junge und drückte Abban eine Ledertasche in die Hand. »Kann sein, dass mich jemand gehört hat. Ich muss zurück, bevor man mich sieht, sonst fangen sie an, die Bidos zu zählen.«

Abban zückte einen Beutel, in dem eine Menge Münzen klirrten, doch der Junge winkte ab. »Später«, meinte er. »Für den Fall, dass man mich erwischt, will ich kein Geld bei mir haben.«

»Bei Nies schwarzem Herzen«, murmelte Abban. »Mach dich bereit zur Flucht«, wandte er sich an Arlen und reichte die Tasche an ihn weiter.

»Ich gebe das Geld deiner Mutter«, raunte er Jamere ins Ohr.

»Untersteh dich!«, zischte der Junge. »Die Hexe wird es mir wegnehmen. Ich hole es mir später bei dir ab, und du bist gut beraten, wenn du es dann griffbereit hast!«

Er drehte sich um und griff nach dem Seil, doch bevor er losklettern konnte, erhellte ein flackernder Lichtschein das Fenster, aus dem er sich nach draußen geschmuggelt hatte, und ein überraschter Ausruf verriet, dass das Seil entdeckt worden war.

»Lauf«, flüsterte Abban mit scharfer Stimme, und seinen Speer zu Hilfe nehmend, hoppelte er in beeindruckendem Tempo los. Arlen folgte ihm, und als ein weiß gewandeter *dama* eine Laterne aus dem Fenster hielt und sie erspähte, hetzte der Junge ihnen hinterher, wobei er unentwegt mit verhaltener Stimme krasianische Flüche ausstieß. Doch er sprach so schnell, dass Arlen sie nicht verstehen konnte.

»Ihr da! Halt!«, brüllte der Geistliche. In den Fenstern des Tempels flammten Lichter auf, und der *dama* sprang kurzerhand aus dem Fenster. Federnd landete er auf dem Sandsteinpflaster der Straße, machte eine Rolle und nahm die Verfolgung auf.

»Bleibt stehen und stellt euch Everams Gerechtigkeit!«, kreischte er.

Doch alle drei wussten, dass »Everams Gerechtigkeit« nichts weiter bedeutete als einen schnellen Tod und rannten weiter. Sie flitzten um eine Ecke, so dass der Geistliche sie vorübergehend aus den Augen verlor.

Abban, der sich mit seinem Speer am Boden abstützte und mühsam hinterherhechelte, behinderte ihre Flucht. Plötzlich stolperte er, sackte auf die Knie und ließ den Speer fallen. Verzweifelt starrte er Arlen an.

»Lass mich nicht im Stich!«, flehte er.

»Sei kein Idiot«, fauchte Arlen, packte den fetten Händler beim Arm und hievte ihn wieder hoch.

»Bring Abban zum Karren«, befahl Arlen Jamere. »Ich halte den *dama* auf.«

»Nein, das übernehme ich«, widersprach Jamere. »Ich kann …«

»Älteren hast du zu gehorchen, Junge!«, schnauzte Arlen, erschrocken, dass plötzlich eine Floskel seines Vaters über seine Lippen kam. Ohne viel Federlesens packte er Jamere und bugsierte ihn zu seinem Onkel.

Der Junge glotzte Arlen an, als hätte er einen Verrückten vor sich, doch nachdem Arlen ihn zornig angefunkelt hatte, nickte er stumm und schlang sich Abbans Arm über die Schultern.

Arlen huschte in den Schatten, wobei seine schwarze Kleidung ihn beinahe unsichtbar machte, und hängte sich die Tasche um. Wenn jemand mit den Beweisstücken gefasst würde, dann wollte er es sein.

Da hast du dich ja mal wieder in einen schönen Schlamassel gebracht, bemerkte die Stimme in seinem Kopf.

In vollem Lauf kam der *dama* um die Ecke gesaust, ließ sich aber dennoch nicht von Arlen überrumpeln. Geschickt duckte er sich unter einem Fußtritt weg, der sonst in seiner Magengrube gelandet wäre. Der *dama* hechtete an Arlen vorbei, dann schnellte er jählings in die Höhe und bohrte seine ausgestreckten Finger in Arlens Handgelenk.

Sofort wurde die Hand taub, und der Speer glitt aus Arlens empfindungslosen Fingern, während der *dama* eine gebückte Haltung einnahm und sich drehte, um Arlen die Beine unter dem Körper wegzufegen. Arlen warf sich nach hinten und schwankte kurz, ehe er wieder Tritt fasste. Wie ein weiß gekleidetes, Tod bringendes Gespenst sprang der *dama* ihn an.

Die Ausgangsposition war für beide gleich, und sie traktierten einander mit heftigen Schlägen. Anfangs glaubte Arlen kurz, er hätte eine Chance, den *dama* zu besiegen, doch rasch wurde ihm klar, dass der lediglich noch dabei war, die Stärken und Schwächen seines Gegners einzuschätzen. Mit einer jähen Wendung wich er einem von Arlens Tritten aus, wirbelte blitzschnell herum und verpasste ihm einen Boxhieb gegen den Hals.

Es war nicht so, als würde ihm die Luft aus den Lungen gepresst, dieses Gefühl hatte Arlen schon häufiger erlebt. Dieses Mal kam es ihm vor, als sei seine Brust völlig gelähmt, denn er konnte weder ein- noch ausatmen. Er würgte, taumelte, und beinahe lässig vollführte der *dama* eine Drehung, die mit einem Fußtritt in seinen Bauch endete. Die Wucht des Stoßes trieb Arlen den Atem in einem schmerzhaften Schwall aus der verletzten Luftröhre, und er landete rücklings auf der Straße.

Arlen hörte, wie sich vom Sharik Hora andere *dama* näherten, und dann sah er auch schon die tanzenden Lichtpunkte ihrer Laternen. Während er versuchte, sich aufzurappeln, baute der *dama* sich ungerührt vor ihm auf.

»Wer sind deine Komplizen, Diener der Nie?«, fragte der *dama*. »Nenne mir die Namen des Hinkenden und des Jungen, und ich verspreche dir einen schnellen Tod.«

Arlen spannte seine Muskeln zu einem neuen Angriff an, doch der *dama* lachte nur. »Dein *sharusahk* ist jämmerlich, du Narr. Du verlängerst nur deine Qualen.«

Arlen wusste, dass der Mann Recht hatte – als Kämpfer war er ihm bei weitem überlegen. Aber bei einem Zweikampf kam es nicht nur darauf an, wie perfekt man eine bestimmte Technik beherrschte, sondern man musste zu jedem Mittel greifen, um sich einen Vorteil zu verschaffen.

Er krallte sich eine Handvoll Sand von der Straße und schleuderte sie dem *dama* in die Augen; dann trat er mit aller Kraft gegen dessen Knie, obwohl der Geistliche vor Schmerzen heulte und sich die Hände vors Gesicht schlug. Arlen hörte ein Knacken, dann wälzte sich der *dama* schreiend auf dem Boden.

Torkelnd kam Arlen auf die Füße und jagte Abban und dem Jungen hinterher. Die saßen bereits auf dem Karren, und gerade als Abban mit der Peitsche auf das Kamel eindrosch und das Tier verschreckt losgaloppierte, sprang Arlen mit einem gewaltigen Satz auf die Ladefläche.

Ein halbes Dutzend Geistliche verfolgte den Karren. Alle trugen Laternen und bewegten sich mit einer ungeheuren Leichtfüßigkeit und Gelenkigkeit, wobei sie ein enormes Tempo vorlegten.

Arlen peitschte das arme Kamel blutig, und allmählich vergrößerte sich der Abstand zu ihren Verfolgern, als das Vieh eine Geschwindigkeit erreichte, der kein Mensch gewachsen war. Kaum wagte Arlen zu hoffen, ihnen könne allen Widrigkeiten zum Trotz doch noch die Flucht gelingen, da fuhren sie über ein Loch in der Straße, und eines der beiden Wagenräder brach. Die beiden Männer und der Junge wurden auf den Boden geschleudert, und das abgekämpfte Kamel blieb schnaufend und prustend stehen.

»In den Abgrund mit euch beiden!«, zeterte Jamere. »Ich sterbe nicht für einen *chin* und einen *khaffit*!« Er sprang auf die Füße und eilte den *dama* entgegen.

»Habt Erbarmen, Meister!«, rief der Junge und sank vor ihnen auf die Knie. »Ich wurde als Geisel genommen!«

Arlen nahm sich nicht die Zeit, die bizarre Szene zu beobachten. »Steig auf!«, brüllte er, während er Abban zu dem Kamel schubste, ein scharfes Messer zog und das lederne Geschirr zerschnitt, das das Tier mit dem zerbrochenen Karren verband. Kaum war das Kamel befreit, da schob er auch schon einen Fuß in den Steigbügel, umklammerte das Sattelhorn und knallte dem Tier die flache Klinge auf die Kruppe. Das Kamel gab einen blökenden Schrei von sich und fiel in einen rasenden Galopp, so dass die Rufe der *dama* hinter ihnen verhallten.

»Nimm die Bücher und reise beim ersten Tageslicht ab, *Par'chin*«, riet Abban. »Verlasse die Stadt. Wenn ich die Torwächter bestehe, werden sie schwören, du seist schon vor einer Woche fortgeritten.«

»Und was wird aus dir?«, fragte Arlen.

»Für mich verringert sich das Risiko, wenn du und die verräterische Ware möglichst weit weg sind«, meinte Abban. »Jamere wird ihnen sagen, wegen der hochgezogenen Nachtschleier hätte er unsere Gesichter nicht erkannt, und ohne Beweise gibt es keine Untersuchung, vorausgesetzt natürlich, es gehen ein paar Geschenke an die richtigen Leute.«

Arlen nickte und verneigte sich. »Ich danke dir, mein Freund. Es tut mir leid, dass ich dir so viele Unannehmlichkeiten bereitet habe.«

Abban klopfte ihm auf die Schulter. »Mir tut es auch leid, *Par'chin*. Ich hätte dich eingehender vor den Gefahren in Baha kad'Everam warnen sollen. Sagen wir einfach, jetzt sind wir quitt.« Noch ein kräftiger Händedruck, dann schlüpfte Arlen hinaus in die Nacht.

Im Morgengrauen kehrte er in seine Herberge zurück und benahm sich so, als hätte er am *alagai'sharak* teilgenommen. Niemand stellte dies infrage, und er konnte unbehelligt seine Besitztümer einpacken und aus Fort Krasia verschwinden, ehe sich die ersten Einwohner aus der Unteren Stadt hervorwagten. Die *dal'Sharum*, die die Tore bewachten, hoben sogar grüßend ihre Speere, als er sie passierte.

Beim Reiten hielt er das kostbare Rohr mit den Landkarten fest umklammert. Zuerst wollte er Fort Rizon aufsuchen und sich dort mit Proviant eindecken, und dann würde er nach Anochs Sonne suchen, der verlorenen Stadt.

Ein Zischen lief durch den Basar, als die Händler einander vor den nahenden *dama* warnten.

Eilig zog sich Abban in sein Zelt zurück und linste durch den schmalen Spalt zwischen den Zeltklappen, während eine Eskorte schwarz gekleideter *dal'Sharum*-Krieger erschien und rücksichtslos die Leute beiseitestieß, um Platz zu machen für eine Gruppe äußerst empört dreinblickender *dama* und einen jungen, mageren Schüler. Abbans Finger verkrampften sich in der Leinwand, als die Prozession die Straße hochmarschierte und vor seinem Pavillon stehen blieb.

Beflissen humpelte Amit herbei. Der verkrüppelte *dal'sharum* deutete ein Nicken an und erkundigte sich bei einem der Krieger: »Seid ihr endlich gekommen, um den *khaffit* abzuholen? Was immer ihr ihm zur Last legt, ich versichere euch, er hat noch viel schlimmere Verbrechen begangen ...«

Das Wort blieb ihm im Halse stecken, als der *dal'Sharum* ihm das stumpfe Ende seines Speers ins Gesicht knallte. Blut und Zähne spritzten aus dem Mund des Händlers, der in den Staub fiel. Er wollte wieder aufstehen, doch der Krieger, der ihn geschlagen hatte, trat rasch hinter ihn, presste seinen Speer unter Amits Kinn und rammte ihm ein Knie in den Rücken; in diesem Würgegriff hebelte er Amits Kopf nach oben, bis er den *dama* und den Jungen ansehen musste.

»Ist das der Mann?«, fragte der *dama*, der die Gruppe anführte, den Knaben.

»Ja«, antwortete Jamere. »Er drohte, meine Mutter zu töten, wenn ich nicht gehorche.«

»Was?!«, keuchte Amit. »Ich habe dich noch nie in meinem Leben gesehen ...!« Wieder drückte der Krieger mit dem Speer zu, und Amits Worte gingen in einem Gurgeln unter.

»Erkennst du das hier?«, brüllte der *dama* und hielt den Speer hoch, den Abban auf der Straße hatte fallen lassen, und an den der grell orangefarbene Stofffetzen gebunden war, den er dazu benutzt hatte, Jamere das Zeichen zu geben. »Hältst du uns für dumm? Jeder weiß, dass du ein weibisches orangefarbenes Taschentuch an deiner kümmerlichen Waffe befestigst, du Krüppel!«

»*Dama*, seht!«, rief ein Krieger, der ein Kamel aus Amits Pferch führte. »Das Tier wurde vor kurzem mit einer Peitsche geschlagen, und die Hufe sind mit Leder umwickelt!«

Amit traten die Augen aus den Höhlen, doch es war schwer zu sagen, ob vor Verblüffung oder weil der ständige Druck des Speers an seiner Kehle ihn zu ersticken drohte. »Das ist nicht mein …«, war alles, was er hervorhusten konnte.

»Verrate uns, wie dein Komplize heißt!«, forderte der *dama* ihn auf. Der Krieger hinter Amits Rücken lockerte ein klein wenig den Speer, damit der Händler antworten konnte.

In Amits Stimme fand sich keine Spur mehr von seinem früheren selbstgefälligen Gehabe, verflogen war seine Überzeugung, seine Position in dieser wie in der nächsten Welt sei gesichert. Gebannt lauschend, ergötzte sich Abban an der mitleiderregenden Verzweiflung seines Rivalen, der immer wieder seine Unschuld beteuerte und um sein Leben bettelte.

»Reißt ihm die schwarzen Gewänder vom Leib!«, befahl der *dama*, und Amit kreischte in höchsten Tönen, als die Krieger ihre Fäuste in seine Gewänder krallten und solange daran zerrten, bis der verkrüppelte Mann nackt auf der Straße lag. Die *dal'Sharum* packten ihn bei den Armen und zogen seinen Kopf an den Haaren nach hinten, um sicherzugehen, dass er dem vor ihm knienden *dama* in die Augen blicken konnte.

»Jetzt bist du ein *khaffit*, Amit, ohne Abstammung, die es wert wäre, erwähnt zu werden«, fauchte der *dama*. »Vergiss das nicht während der kurzen, qualvollen Zeit, die du noch zu leben hast. Denn wenn dein Geist diese Welt verlässt, wird er auf ewig vor die Tore des Himmels verbannt bleiben.«

»Neeeiiin!«, quäkte Amit. »Es ist ein Komplott!«

Der *dama* hob seinen Blick zu den Kriegern. »Beschlagnahmt sämtliche Wertgegenstände in seinem Pavillon«, ordnete er an, »und bringt sie in den Tempel. Tobt euch an seinen Frauen aus, wenn ihr Lust darauf habt, anschließend werden sie verkauft. Alle seine Söhne bringt ihr um.« Amit heulte auf und wehrte sich gegen die Männer, die seine Arme festhielten, bis einer der Krieger ihm mit seinem Speer einen Schlag auf den Hinterkopf versetzte und er bewusstlos zu Boden sank.

Angewidert starrte der *dama* auf Amit hinab. »Schafft dieses Stück Dreck in die Kammer der Unendlichen Qualen«, wies er die *dal'Sharum* an, »damit die *Damaji* sich genügend Zeit lassen können, ihm die Haut von seinen ekelhaften Knochen zu ziehen!«

Abban ließ die Zeltklappe los und verkroch sich in seinem Pavillon, um sich mit einem Becher Couzi zu beruhigen.

Kurz darauf wurde die Zeltklappe gelupft und fiel wieder zu.

»Der *Par'chin* hätte fast *dama* Kaveres Knie gebrochen«, erzählte Jamere. »Als Wiedergutmachung verlangt er mehr als nur Couzi.«

Abban nickte, da er mit einer solchen Forderung gerechnet hatte. »Eigentlich hättest du dich anbieten müssen, Kavere aufzuhalten, als ich stolperte, und nicht der *Par'chin*«, erinnerte Abban seinen Neffen.

Jamere zuckte mit den Schultern. »Er war schneller als ich«, erwiderte er, »und ließ sich auch nicht davon abbringen.«

»Dass das ja nicht wieder passiert!«, schimpfte Abban. »Der *Par'chin* ist für mich sehr wertvoll, und ich möchte ihn auf gar keinen Fall verlieren.«

»Glaubst du, dass er Anochs Sonne findet?«, fragte Jamere.

Abban lachte. »Sei nicht töricht, Junge«, meinte er. »Diese Karten werden seit dreitausend Jahren kopiert, und dann stellt man Kopien von den Kopien her. Und selbst wenn sie trotzdem korrekt genug sind, um ihm den richtigen Weg zu weisen, liegt die verlorene Stadt – falls es sie überhaupt je gegeben hat – tief unter dem Sand begraben. Der *Par'chin* ist ein gutherziger Narr, aber ein Narr ist er dennoch.«

»Er wird wütend sein, wenn er zurückkommt«, bemerkte Jamere.

Abban zuckte mit den Schultern. »Anfangs vielleicht«, begann er.

»Doch dann wedelst du mit einer anderen alten Schriftrolle vor seiner Nase herum, und er wird seinen Groll vergessen«, mutmaßte Jamere und stibitzte einen kräftigen Schluck aus Abbans Couziflasche, ohne sich mit einem Becher aufzuhalten.

Abban schmunzelte und versorgte den Jungen mit den verschiedenen Bestechungsgeschenken, die er brauchen würde, wenn er in den Sharik Hora zurückkehrte. Als Jamere dann ging, sah er ihm mit einer Mischung aus Stolz und tiefem Bedauern hinterher.

Aus dem Jungen hätte wirklich etwas werden können, wenn er nicht dazu bestimmt worden wäre, sein Leben als *dama* zu vergeuden.

Brayans Gold

324 NR

H alt still«, knurrte Cob, während er die Rüstung
anpasste.

»Ist gar nicht so einfach, wenn einem eine Stahlplatte
in den Schenkel drückt«, verteidigte sich Arlen.

Der Morgen war kühl, und erst in einer Stunde
würde die Dämmerung einsetzen, aber Arlen schwitzte
bereits mächtig in seiner neuen Rüstung – solide Platten
aus getriebenem Stahl, die an den Stoßstellen durch
Nieten und dünne, ineinander verhakte Ringe zusam-
mengehalten wurden. Darunter trug er eine wattierte,
gesteppte Jacke und gepolsterte Hosen, damit die Platten nicht in seine Haut schnitten, doch diese Unterge-
wänder boten nur wenig Schutz, als Cob die Ringe fest
anzog.

»Umso wichtiger ist
es, dass ich das ganze
Zeug richte«, entgeg-
nete Cob. »Je besser
die Rüstung sitzt, umso

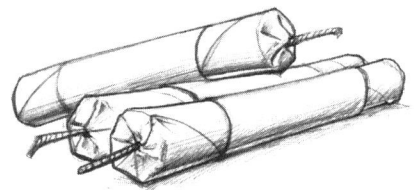

geringer ist das Risiko, dass so etwas passiert, wenn du auf der Straße vor einem Horcling wegrennst. Ein Kurier muss schnell sein.«

»Ich weiß nicht, wie ich auch nur halbwegs flott sein kann, wenn ich in eine Bettdecke gewickelt bin und siebzig Pfund Stahl auf dem Rücken herumschleppe«, murrte Arlen. »Und dieses verdammte Ding ist heiß wie Feuerspucke.«

»Wenn du erst einmal auf den windigen Pfaden unterwegs bist, die zu den Minen des Herzogs führen, wirst du noch froh sein, dass du so warm eingepackt bist«, prophezeite Cob.

Arlen schüttelte den Kopf und hob den schweren Arm, um sich die Platten anzusehen, in die er mit einem winzigen Hammer und Meißel akribisch Siegel eingeritzt hatte. Die Schutzsymbole waren kraftvoll genug, um die meisten Dämonen abzuwehren, doch auch wenn er sich durch die Rüstung gut geschützt fühlte, gleichzeitig kam er sich vor, als sei er in ihr eingesperrt wie in einem Gefängnis.

»Fünfhundert Sonnen«, bedauerte er. So viel hatte der Harnischer ihm für die Rüstung berechnet – und Monate für die Anfertigung gebraucht. Mit so viel Gold war Arlen der zweitreichste Mann in Tibbets Bach, dem Ort, in dem er aufgewachsen war.

»Man spart nicht an Dingen, von denen das eigene Überleben abhängt«, mahnte Cob. Er war ein ehemaliger Kurier und sprach aus Erfahrung. »Wenn es um die Rüstung geht, dann sucht man sich den besten Waffenschmied in der Stadt, bestellt die stärkste, die es gibt, und berappt ohne mit der Wimper zu zucken die Kosten.«

Mit dem Finger stach er auf Arlen ein. »Und versäume nie …«

»… die Siegel selbst anzubringen«, beendete Arlen den Satz unisono mit seinem Meister und nickte geduldig. »Ich weiß. Das hast du mir schon tausendmal unter die Nase gerieben.«

»Und ich werde es noch zehntausend Mal wiederholen, damit es sich in deinen dicken Schädel einprägt.« Cob hob den schweren Helm auf und stülpte ihn über Arlens Kopf. Die Innenseite war ebenfalls gepolstert, und er saß wie angegossen. Mit den Fingerknöcheln trommelte Cob kräftig gegen das Metall, aber Arlen hörte das Klopfen mehr, als dass er eine Erschütterung spürte.

»Hat Curk dir gesagt, zu welcher Mine es geht?«, erkundigte sich Cob. Als Lehrling durfte Arlen nur für die Gilde reisen, wenn ein lizensierter Meister ihn begleitete. Die Gilde hatte ihn Curk zugeteilt, einem alternden und oftmals betrunkenen Kurier, der im Allgemeinen nur auf kurzen Routen arbeitete.

»Zu Euchors Kohlemine«, antwortete Arlen. »Zwei Übernachtungen im Freien.« Bis jetzt hatte er mit Curk lediglich Tagesreisen unternommen. Dies sollte seine erste Tour werden, auf der sie ihre tragbaren Bannzirkel auslegen mussten, um sich vor den Horclingen zu schützen, wenn sie am Straßenrand ihr Nachtlager aufschlugen.

»Zwei Nächte unter freiem Himmel sind viel für das erste Mal«, gab Cob zu bedenken.

Arlen schnaubte durch die Nase. »Ich bin schon länger nachts draußen gewesen, da war ich erst zwölf.«

»Und bist von diesem Ausflug mit Verletzungen zurückgekommen, die Ragen mit einem ganzen Yard Faden nähen musste, wenn ich mich recht entsinne«, bemerkte Cob. »Plustere dich bloß nicht auf, nur weil du einmal Glück hattest. Jeder Kurier wird dir sagen, dass man nur draußen übernachtet, wenn es gar nicht anders geht, und nicht etwa aus freien Stücken. Diejenigen, die im Dunkeln draußen bleiben *wollen*, werden über kurz oder lang von den Horclingen geholt.«

Arlen nickte, obwohl es ihm ein bisschen unehrlich vorkam, denn sie beide wussten, dass er den Gefahren der Nacht trotzen *wollte*. Selbst nach so vielen Jahren hatte er immer noch das Gefühl, etwas beweisen zu müssen. Sich selbst und auch der Nacht.

»Ich möchte gern die hoch gelegenen Minen sehen«, erklärte er wahrheitsgemäß. »Angeblich hat man von dort oben einen Ausblick über die ganze Welt.«

Cob nickte. »Ich will dich nicht belügen, Arlen. Wenn es ein noch schöneres Panorama gibt, dann war es mir nicht vergönnt, es zu sehen. Daneben verblassen selbst die Paläste der Damaji von Krasia.«

»Es heißt, in den höheren Minen gäbe es Schneedämonen«, fuhr Arlen fort. »Ihre Schuppen sind so kalt, dass der Speichel gefriert und splittert, wenn man sie anspuckt.«

Cob gab einen Grunzlaut von sich. »Die dünne Luft da oben verwirrt den Geist. Als Kurier war ich mindestens ein Dutzend Mal bei den Minen, aber ich habe weder einen Schneedämon gesehen noch einen einzigen Bericht gehört, der einer genaueren Prüfung standhielt.«

Arlen zuckte mit den Schultern. »Das bedeutet noch lange nicht, dass es dort keine Schneedämonen gibt. In der Bibliothek habe ich gelesen, dass sie sich in den Gipfelregionen aufhalten, wo der Schnee das ganze Jahr über liegenbleibt.«

»Ich habe dich davor gewarnt, zu sehr der Bibliothek zu vertrauen, Arlen«, erwiderte Cob. »Die meisten dieser Bücher wurden vor der Rückkehr geschrieben, als die Leute glaubten, Dämonen seien nichts weiter als Schauermärchen, die sich jemand mit beduseltem Kopf ausgedacht hat, und jeder, der Lust hatte, steuerte noch seinen Teil Blödsinn dazu bei.«

»Egal, ob Schauermärchen oder nicht, ohne diese Geschichten hätten wir die Siegel niemals wiederentdeckt und die Rückkehr überlebt«, hielt Arlen dagegen. »Es kann doch nicht schaden, wenn ich Ausschau nach Schneedämonen halte, oder?«

»Auf der Hut sein ist immer das Beste«, stimmte Cob zu. »Aber vergiss darüber nicht, auch nach Nachtwölfen und Töpfchen von Elfen Ausschau zu halten.«

Arlen verzog wütend das Gesicht, aber Cobs Lachen wirkte ansteckend, und bald stimmte er ein.

Als der letzte Gurt der Rüstung festgezurrt war, drehte Arlen sich um und betrachtete sich in dem Spiegel aus poliertem Metall, der an einer Wand des Ladens hing. In der neuen Rüstung war er zweifellos eine imposante Erscheinung, doch anstatt schneidig auszusehen, wie er gehofft hatte, glich er eher einem ungeschlachten Metalldämon. Die Ähnlichkeit wurde nur leicht abgemildert, als Cob ihm einen dicken Umhang über die Schultern warf.

»Halte ihn immer fest geschlossen, wenn du durch das Gebirge reitest«, riet ihm der alte Bannzeichner. »Dann spiegelt sich das Licht nicht auf dem Stahl, und der Wind kann nicht durch die Fugen blasen.«

Arlen nickte.

»Und hör auf das, was der Kurier Curk dir sagt«, mahnte Cob. Arlen lächelte ergeben.

»Außer er verzapft etwas, von dem ich dir beigebracht habe, dass es Unsinn ist«, ergänzte Cob. Arlen stieß ein glucksendes Lachen aus.

»Ich verspreche es«, betonte er.

Eine geraume Weile blickten sie einander an, unschlüssig, ob sie sich die Hand geben oder sich umarmen sollten. Schließlich brummelten beide etwas vor sich hin und wandten sich ab; Arlen marschierte zur Tür, Cob zu seiner Werkbank. An der Tür schaute Arlen noch einmal zurück und begegnete wieder Cobs Blick.

»Komm gesund heim«, befahl Cob.

»Ja, Meister«, erwiderte Arlen und trat hinaus in das Licht des frühen Morgengrauens.

Arlen beobachtete den großen Platz vor dem Gildehaus der Kuriere, auf dem Männer mit Händlern stritten und

Wagen beluden. Dazwischen bewegten sich Mütter mit Schiefertafeln, die mit Kreide beschrieben waren, um die Transaktionen zu beaufsichtigen und darüber Buch zu führen. Der Ort pulsierte vor Leben und Betriebsamkeit, und das gefiel Arlen.

Er warf einen Blick auf die große Uhr über dem Portal des Gildehauses, deren Zeiger das Jahr, den Monat, den Tag und die Stunde auf die Minute genau angaben. Am Gildehaus einer jeden Freien Stadt gab es noch eine zweite große Uhr, die jedoch war nach dem Almanach des Fürsorgers gestellt und zeigte die Zeiten des Sonnenaufgangs und Sonnenuntergangs für die kommende Woche an, die mit Kreide unter dem Zifferblatt festgehalten wurden. Den Kurieren brachte man bei, ihr Leben nach diesen Uhren auszurichten. Pünktlichkeit, oder besser noch eine verfrühte Ankunft, galt als Ehrensache.

Aber Curk kam immer zu spät. Geduld hatte noch nie zu Arlens Tugenden gehört, nun jedoch, da die offene Straße lockte, kam es ihm vor, als würde er eine Ewigkeit warten. Sein Herz hämmerte in der Brust, und seine Muskeln verspannten sich vor Aufregung. Es war Jahre her, dass er zum letzten Mal nicht im Schutz von mit Siegeln befestigten Wänden geschlafen hatte, aber dieses Gefühl war ihm unvergesslich geblieben. Nie hatte die Luft besser geschmeckt als auf der offenen Straße, und noch nie zuvor hatte er sich so lebendig gefühlt. So frei.

Endlich hörte er das schleppende Poltern von Stiefeln, und die Bierfahne verriet ihm, dass Curk eingetrudelt war, noch ehe er sich zu dem Mann umgedreht hatte.

Kurier Curk trug einen Panzer aus Leder, das durch Kochen in Wasser gehärtet und mit halbwegs frisch aufgemalten Siegeln versehen war. Dieser Harnisch war nicht so stark wie Arlens ziselierter Stahl, aber dafür wesentlich leichter und biegsamer. Curks Stirnglatze ging über in einen Kranz aus langen, blonden, grau gesträhnten Haaren, die in fettigen Zotteln sein wettergegerbtes Gesicht einrahmten. Der struppige Bart war unsauber gestutzt und genauso verfilzt wie sein Haupthaar. Auf den Rücken hatte er einen eingebeulten Schild geschnallt, und in der Hand wog er einen abgenutzten Speer.

Curk blieb stehen, um Arlens glänzende neue Rüstung und den Schild zu betrachten, und sofort glomm in seinen Augen ein begehrlicher Funke auf. Er überspielte seinen Neid mit einem spöttischen Schnauben.

»Feiner Aufzug für einen Lehrling.« Er stieß Arlen den Speer gegen die Brustplatte. »Die meisten Kuriere müssen sich ihre Rüstung erst *verdienen*, aber Meister Cobs Lehrling hat das anscheinend nicht nötig.«

Arlen schlug die Speerspitze zur Seite, doch vorher hörte er noch, wie sie die Fläche zerkratzte, die er stundenlang auf Hochglanz poliert hatte. Unwillkommene Erinnerungen stiegen in ihm hoch: Der Flammendämon, den er als Junge vom Rücken seiner Mutter gerissen hatte, und die lange, kalte Nacht, die sie im Schlamm eines Tierpferchs verbrachten, während die Dämonen herumtanzten und die Siegel auf Schwachstellen prüften. Erinnerungen an die Nacht, als er aus Versehen einem fünfzehn Fuß großen Felsendämon den Arm abschlug, der ihn seither mit seinem Hass verfolgte.

Er ballte die Faust und hielt sie dicht unter Curks Hakennase. »Was ich geleistet habe oder nicht, geht dich nichts an, Curk. Fass noch einmal meine Rüstung an, und du spuckst Zähne, die Sonne sei mein Zeuge!«

Curk kniff die Augen zu schmalen Schlitzen zusammen. Er war größer als Arlen, aber der war jung, kräftig und nüchtern. Vielleicht rückte er deshalb nach einer Weile von ihm ab und nickte entschuldigend mit dem Kopf. Es konnte auch sein, dass er in erster Linie nicht auf den starken Rücken eines Kurierlehrlings verzichten wollte, wenn es an der Zeit war, die Karren zu be- und entladen.

»Hab mir nichts Böses dabei gedacht«, grummelte Curk, »aber als Kurier wirst du es nicht weit bringen, wenn du Angst hast, dir deine schöne Rüstung zu zerschrammen. Und jetzt schwing die Füße. Der Gildemeister will uns noch sehen, bevor wir aufbrechen. Je früher wir das hinter uns haben, umso schneller können wir auf der Straße sein.«

Sofort vergaß Arlen seinen Unmut und folgte Curk in das Gildehaus. Ein Sekretär lotste sie in das Büro des Gildemeisters Malcum, einen weitläufigen Raum, vollgestopft mit Tischen, Landkarten und Schiefertafeln. Der Gildemeister, selbst ein ehemaliger Kurier, hatte durch die Horclinge ein Auge und einen Teil seines Gesichts verloren, doch nach der Verwundung versah er noch jahrelang seinen Dienst als Kurier. Mittlerweile war sein Haar angegraut, aber er schien immer noch vor Kraft zu strotzen, und man legte sich nicht leichtfertig mit ihm an. Mit einem einzigen Federstrich konnte er die Karriere eines Kuriers fördern oder beenden, oder den Niedergang eines bedeutenden Hauses bewirken. Der Gildemeister saß an seinem Schreibtisch und schien damit beschäftigt zu sein, einen riesigen Haufen von Formularen zu unterschreiben.

»Ihr müsst schon entschuldigen, wenn ich weiterarbeite, während wir uns unterhalten«, hob Malcum an. »Aber wenn ich nur einen kurzen Augenblick aufhöre, verdoppelt sich der Stapel. Setzt euch. Möchtet ihr etwas trinken?« Er deutete auf eine Kristallkaraffe am Rand des Schreibtischs. Sie enthielt eine bernsteingelbe Flüssigkeit, und daneben standen Gläser.

Curks Augen funkelten. »Ich könnt schon was vertragen.« Er schenkte sich ein Glas ein und kippte es herunter; Grimassen schneidend, füllte er es fast bis zum Rand nach und nahm erst dann Platz.

»Deine Tour zu der Kohlemine des Herzogs wurde verschoben«, eröffnete Malcum ihm. »Ich erteile dir einen dringenderen Auftrag.«

Curk blickte auf das Kristallglas in seiner Hand und verengte die Augen. »Wohin?«

»Graf Brayans Gold«, antwortete Malcum, ohne den Blick von den Papieren zu heben. Arlens Herz tat einen Sprung. Brayans Gold war die abgelegenste Minenstadt im Herzogtum. Von Fort Miln bis dorthin war man zehn Nächte unterwegs, es war die einzige Mine auf dem dritten Berg im Westen und lag höher als alle anderen.

»Das ist doch Sandars Route«, protestierte Curk.

Malcum löschte die Tinte auf einem Formular und legte dieses auf einen stetig wachsenden Stoß Blätter. Flink tunkte er seine Feder in das Tintenfass. »Richtig, aber gestern ist Sandar von seinem verdammten Pferd gefallen. Hat sich ein Bein gebrochen.«

»Zum Horc, verflucht nochmal«, murmelte Curk. In einem einzigen Zug leerte er sein Glas bis zur Hälfte und schüttelte dann den Kopf. »Schick jemand anders. Ich bin zu alt, um mir wochenlang den Arsch abzufrieren und in der dünnen Luft Atemnot zu kriegen.«

»So kurzfristig steht aber kein anderer zur Verfügung«, wandte Malcum ein, während er fortfuhr zu unterschreiben und die Tinte zu löschen.

Curk zuckte die Achseln. »Dann wird Graf Brayan eben warten müssen.«

»Der Graf bietet für den Auftrag tausend Goldsonnen«, erklärte Malcum.

Sowohl Curk als auch Arlen sperrten Mund und Augen auf. Tausend Sonnen waren für jede Kuriertour ein Vermögen.

»Wo steckt der Haken?«, fragte Curk argwöhnisch. »Was wird so dringend gebraucht, dass diese Reise keinen Aufschub duldet?«

Nun hielt Malcum endlich die Hand still und blickte von seinem Schreibtisch hoch. »Donnerstöcke. Eine ganze Fuhre.«

Curk schüttelte den Kopf. »Ohhh nein!« Er schüttete den Rest des Getränks in sich hinein und stellte das Glas energisch auf dem Schreibtisch des Gildemeisters ab.

Donnerstöcke, dachte Arlen und ließ das Wort in sich einsinken. In der Bibliothek des Herzogs hatte er davon gelesen, obwohl die Bücher, in denen die exakte Zusammensetzung aufgeführt war, auf der Liste der verbotenen Lektüre standen. Im Gegensatz zu den meisten anderen Feuerwerkskörpern konnten Donnerstöcke nicht nur durch Funken, sondern auch durch Erschütterungen explodieren, und in den Bergen konnte eine versehentliche Detonation eine Lawine auslösen, die einen umbrachte, selbst wenn man die Explosion überlebte.

»Du willst tatsächlich in aller Eile Donnerstöcke transportieren?«, wunderte sich Curk. »Warum diese verfluchte Hast?«

»Die Frühlingskarawane kam mit einer Nachricht von Baron Schneyder zurück, in der es hieß, man hätte eine neue Ader entdeckt; aber um das Gold abbauen zu können, muss man sprengen«, erklärte Malcum. »Seitdem hat Brayan seine Kräutersammlerinnen Tag und Nacht schuften lassen, um Donnerstöcke herzustellen. An jedem Tag, der vergeht, ohne dass die Ader ausgebeutet wird, berechnen Brayans Sekretäre, wie viel Gold er verliert, und er kriegt einen Anfall nach dem anderen.«

»Also schickt er einen einzelnen Mann auf einen Weg, an dem massenhaft Banditen lauern, die vor fast nichts

zurückschrecken, um eine Fuhre Donnerstöcke zu er-
gattern.« Abermals schüttelte Curk den Kopf. »Entweder man wird in Stücke gesprengt oder ausgeraubt und
den Horclingen vorgeworfen. Ich weiß wirklich nicht,
was schlimmer ist.«

»Unsinn«, widersprach Malcum. »Sandar transportiert dauernd Donnerstöcke. Niemand wird wissen,
was du beförderst, außer uns dreien und Brayan selbst.
Ohne Männer, die die Ladung bewachen, kommt keiner, der dich unterwegs sieht, auf den Gedanken, dass
du eine wertvolle Fracht geladen hast, die sich zu stehlen lohnt.«

Curks finstere Miene glättete sich nicht. »Zwölfhun-
dert Sonnen«, legte Malcum nach. »Hast du jemals so
viel Gold auf einem Haufen gesehen, Curk? Ich bin versucht, mich in meine alte Rüstung zu quetschen und
den Transport selbst zu übernehmen.«

»Ich setze mich gern an deinen Schreibtisch und un-
terzeichne Papiere, wenn du noch einmal auf eine letzte
Tour gehen willst«, bot Curk an.

Malcum lächelte, aber er sah aus, als würde er gleich
die Geduld verlieren. »Fünfzehn, und keinen Kupferheller mehr. Ich weiß, dass du das Geld brauchst, Curk.
In der Hälfte der Tavernen der Stadt wirst du nicht
mehr bedient, wenn du keine Münzen bar auf der
Hand hast, und in den anderen Schenken nimmt man
dein Geld und sagt dir, du sollst noch hundert Münzen drauflegen, ehe man für dich den Zapfhahn auf-
dreht. Du bist ein Narr, wenn du diesen Auftrag ab-
lehnst.«

»Ein Narr, ja, aber ich bleibe am Leben«, wehrte sich Curk. »Der Transport von Donnerstöcken wird immer gut bezahlt, denn manchmal werden die Kuriere in Fetzen gerissen. Für solche Dämonenscheiße bin ich zu alt.«

»Zu alt bist du wirklich«, räumte Malcum ein, und Curk fuhr überrascht zusammen. »Wie viele Kuriertouren kannst du noch durchstehen, Curk? Ich habe gesehen, wie du dir bei schlechtem Wetter die Gelenke massierst. Denk mal darüber nach. Fünfzehnhundert Sonnen auf deinem Konto, noch ehe du die Stadt verlässt. Halte dich von den Huren und den Würfeln fern, die Sandars Geldbörse leeren, und du kannst dich mit dieser Summe zur Ruhe setzen. Dich bis zur Bewusstlosigkeit besaufen.«

Curk stieß ein Knurren aus, und Arlen dachte schon, der Händler sei zu weit gegangen, aber Malcum hatte den Ausdruck eines Raubtiers, das spürt, dass es sein Opfer zur Strecke gebracht hat. Er fischte einen Schlüssel aus seiner Tasche, schloss ein Schubfach in seinem Schreibtisch auf und zog einen satt klirrenden Lederbeutel heraus.

»Fünfzehnhundert in der Bank«, erläuterte er, »zusätzlich fünfzig in Gold, um deine Schulden bei den Gläubigern zu begleichen, die heute bei deinem Pferd herumlungern und dich kaschen wollen, ehe du aufbrichst.«

Curk stöhnte, aber er nahm den Beutel an.

Sie spannten ihre Pferde vor Brayans Karren, aber nach Art der Kuriere ließen sie sie gesattelt und bepackt im Joch gehen. Sollte kurz vor der Abenddämmerung ein Rad brechen, mussten sie sich schnell in Sicherheit bringen können.

Der Karren sah ganz gewöhnlich aus, verfügte jedoch über eine verdeckte Stahlaufhängung, die die Höcker und Löcher der Straße so wirkungsvoll abfederte, dass die Passagiere und die Fracht kaum ein Holpern spürten und die empfindlichen Donnerstöcke nicht gerüttelt wurden. Während der Fahrt streckte Arlen den Kopf über die Seitenwand, um sich den Mechanismus anzusehen.

»Lass das!«, schnauzte Curk ihn an. »Genauso gut könntest du ein Schild schwenken, auf dem steht, dass wir Donnerstöcke befördern.«

»Tut mir leid«, entschuldigte sich Arlen und setzte sich wieder gerade hin. »Ich war bloß neugierig.«

Curk grunzte. »Alle Adligen gondeln in so gut gefederten Luxuskarossen durch die Stadt. Es darf schließlich nicht sein, dass die seidenen Unterröcke irgend so einer hochwohlgeborenen Dame zerknittern, wenn die Kutsche einen Hüpfer macht, weil die Räder über einen Huckel in der Straße rollen, oder?«

Arlen nickte und lehnte sich zurück; in tiefen Zügen sog er die Bergluft ein, während er den Blick über die Milneser Ebene schweifen ließ, die sich tief unten ausbreitete. Selbst seine schwere Rüstung fühlte sich leichter an, als die Stadtmauern hinter ihnen in der Ferne zurückblieben. Curk hingegen wurde zunehmend nervöser, maß jeden, der ihnen begegnete, mit misstrauischen Blicken und strich dauernd mit der Hand über den Schaft seines Speers, den er sich griffbereit zurechtgelegt hatte.

»Gibt es in diesen Bergen wirklich Banditen?«, erkundigte sich Arlen.

Curk zuckte mit den Schultern. »Manchmal handeln Bewohner aus Minenstädten aus purer Verzweiflung, weil es ihnen an diesem und jenem mangelt, und an Donnerstöcken sind *alle* knapp. Nur eines dieser verfluchten Dinger kann einem Mann eine Woche Schwerstarbeit ersparen und kostet mehr als ein Städter in einem Jahr verdient. Wenn sich herumspricht, womit unser Karren beladen ist, gerät jeder Minenarbeiter in den Bergen in Versuchung, sich ein Tuch vor die Nase zu binden und sich zu vermummen.«

»Gut, dass niemand Bescheid weiß«, meinte Arlen und legte eine Hand auf seinen eigenen Speer.

Doch trotz ihrer plötzlich erwachten Bedenken verging der erste Tag ohne Zwischenfälle. Arlen fing an, sich zu entspannen, als sie die von Minenarbeitern benutzten Hauptwege hinter sich ließen und in weniger stark bereistes Gebiet gelangten. Als die Sonne sich dem Horizont zuneigte, erreichten sie einen allgemeinen Lagerplatz; ein Ring aus mit großen Siegeln bemalten Steinblöcken umgab ein Areal, in dem eine Karawane Platz gefunden hätte. Sie hielten den Karren an, schirrten die Pferde aus und fesselten ihre Vorderbeine. Dann prüften sie die Siegel, säuberten die Steine von Schmutz und Gesteinsschutt und frischten, wo es notwendig war, die Farbe auf.

Nachdem ihre Siegel gesichert waren, ging Arlen zu einer der Feuergruben und schichtete Brennholz auf. Er holte ein Streichholz aus dem wasserdichten Kästchen in seiner Gürteltasche, riss die weiße Spitze mit seinem Daumennagel an und brachte es mit einem leisen, ploppenden Geräusch zum Brennen.

Streichhölzer waren teuer, aber in Miln nichts Außergewöhnliches, und gehörten zur Standardausrüstung der Kuriere. In Tibbets Bach hingegen, wo Arlen groß geworden war, hatten sie einen Seltenheitswert, waren hoch begehrt und wurden nur für Notfälle aufbewahrt. Lediglich der alte Vielfraß, dem der Gemischtwarenladen gehörte – und die Hälfte des Ortes obendrein –, konnte es sich leisten, seine Pfeife mit Streichhölzern anzuzünden. Jedesmal, wenn Arlen ein Streichholz entflammte, durchrieselte ihn deswegen immer noch ein leiser, ehrfürchtiger Schauer.

Bald flackerte ein munteres Feuer, auf dem er in einer Pfanne Gemüse und Würste briet; derweil saß Curk mit dem Kopf gegen seinen Sattel gestützt da und nuckelte an einer Tonkrucke, deren Inhalt mehr nach dem Desinfektionsmittel einer Kräutersammlerin stank als nach etwas, das sich für den menschlichen Verzehr eignete. Als sie ihre Mahlzeit beendet hatten, war es stockfinster geworden, und die ersten Dämonen tauchten auf.

Nebel drang aus unsichtbaren Poren im Boden, verbreitete einen ranzigen Gestank und verdichtete sich langsam zu scheußlichen, dämonischen Gestalten. Im kalten Hochgebirge gab es keine Flammendämonen, aber Winddämonen erschienen zuhauf, auch ein paar gedrungene Felsendämonen – nicht größer als ein hochgewachsener Mann, aber dreimal so schwer, schiere Muskelpakete unter einem dicken Plattenpanzer. Ihre breiten Schnauzen beherbergten Hunderte von Zähnen, die dicht an dicht zusammengeballt waren wie Nägel in einer Schachtel. Baumdämonen pirschten ebenfalls durch die Nacht. Mit ihrer Größe von zehn Fuß überragten sie die Felsendämonen, doch sie waren schmaler gebaut und besaßen eine borkenähnliche Panzerung und Arme wie Zweige.

Rasch bemerkten die Dämonen das Lagerfeuer, kreischten vor Entzücken und stürzten sich auf die Männer und die Pferde. Silberne Magie zuckte wie Spinnweben durch die Luft, als die Horclinge die Siegel erreichten, und die Wucht des Angriffs prallte auf die Dämonen zurück und schleuderte eine ganze Reihe von ihnen zu Boden.

Aber die Horclinge gaben noch lange nicht auf. Sie umkreisten das Lager und attackierten immer wieder die Bannzone, um nach einer Lücke in der schützenden Barriere zu forschen.

Ohne Schild und Speer stand Arlen nahe bei den Siegeln, auf deren magische Kraft er voll vertraute. In den Händen hielt er einen Graphitstift und sein Journal, machte sich Notizen und fertigte Skizzen an, während er die Horclinge in dem wild zuckenden Licht der Siegel studierte.

Schließlich wurden die Horclinge die fruchtlosen Versuche leid und trollten sich, auf der Suche nach leichterer Beute. Die Winddämonen spreizten ihre gewaltigen, ledrigen Schwingen und schraubten sich in den Himmel hinauf, und die Baumdämonen verschwanden in den Bäumen. Die Felsendämonen donnerten davon wie lebende Lawinen. Danach kehrte Stille ein, und ohne das flirrende Licht der Siegel umhüllte eine undurchdringliche Dunkelheit das Lagerfeuer.

»Endlich kriegen wir eine Mütze Schlaf«, brummte Curk. Er hatte sich bereits in seine Decken gewickelt, und nun verkorkte er seine Krucke und schloss die Augen.

»Da wäre ich mir nicht so sicher«, meinte Arlen, der am Rand des vom Feuer ausgehenden Lichtscheins stand und in die Richtung spähte, aus der sie gekommen waren. Er spitzte die Ohren und hörte schließlich einen fernen Schrei, den er nur allzu gut kannte.

Curk blinzelte ihn mit einem Auge an. »Was soll das heißen?«

»Ein Felsendämon ist hierher unterwegs«, erklärte Arlen. »Ein großer. Ich kann ihn hören.«

Curk legte den Kopf schräg und lauschte, als der Dämon abermals ein schrilles Geheul ausstieß. Verächtlich schnaubte er durch die Nase. »Der Dämon ist meilenweit weg, Junge.« Er legte den Kopf zurück und verkroch sich tiefer in seine Decken.

»Das spielt keine Rolle«, meinte Arlen. »Er ist mir auf der Spur.«

Curk prustete, ohne die Augen zu öffnen. »So, so, er ist dir auf der *Spur*? Schuldest du ihm vielleicht Geld?«

Arlen kicherte. »Etwas in der Art.«

Bald fing der Boden an zu zittern, dann bebte er richtig, als der gigantische, einarmige Dämon in ihr Blickfeld sprang.

Curk riss die Augen auf. »Das ist wirklich ein verdammt großer Brocken.« In der Tat war Einarm dreimal so groß wie die Felsendämonen, die sie vorher gesehen hatten. Selbst der Stumpf seines rechten Arms, der am Ellenbogen abgetrennt war, war noch länger als der Arm eines ausgewachsenen Mannes. Einarm verfolgte Arlen, seit dieser ihn verkrüppelt hatte, und Arlen wusste, dass das so weitergehen würde, bis einer von ihnen tot war.

Aber ich werde derjenige sein, der überlebt, drohte er dem Dämon in Gedanken, als ihre Blicke sich kreuzten. *Ehe ich sterbe, werde ich einen Weg finden, dich zu töten, und wenn ich in meinem ganzen Leben nichts anderes tue.*

Er klatschte in die erhobenen Hände, ihre übliche Begrüßung. Das Brüllen des Dämons hallte durch die Nacht, und die Dunkelheit verschwand, als der ungeheuer starke Dämon mit seine Krallen gegen das Siegelnetz schlug. Gleißende, kräftige Magie flammte auf und warf den Dämon zurück, doch der drehte sich nur um und schmetterte seinen wuchtigen, gepanzerten Schwanz in die Siegel. Wieder ließ die Magie den Schlag zurückprallen. Arlen wusste, dass die Magie dem Dämon fürchterliche Schmerzen bereitete, aber ohne zu zögern senkte Einarm seine speerähnlichen Hörner und rannte gegen die Siegel an, worauf ein greller magischer Blitz durch die Dunkelheit zuckte.

Der Dämon kreischte vor Wut und Enttäuschung und griff von neuem an; er kreiste um das Lager, attackierte auf der Suche nach Lücken mit Krallen, Hörnern und dem massigen Schwanz das Siegelnetz, donnerte sogar den Stumpf seines verkrüppelten Arms gegen die magische Barriere.

»Nicht mehr lange, und er ist so abgekämpft, dass er mit diesem Rabatz von selbst aufhört«, grunzte Curk, rollte sich auf die Seite und zog sich die Decke über den Kopf.

Aber Einarm fuhr fort, um das Lager herumzuschleichen, und hämmerte ohne Unterlass auf die Siegel ein, bis es schien, als würden ihre Funken gar nicht mehr erlöschen, und die dazwischen eintretenden Phasen der Dunkelheit nur einen Wimpernschlag dauern. Arlen betrachtete den Dämon in der schaurigen Beleuchtung und suchte nach Schwächen, aber er fand keine.

Schließlich richtete Curk sich auf. »Was zum Horc ist los mit diesem verrückten …« Seine Augen weiteten sich, als er einen deutlichen Blick auf Einarm erhaschte. »Das ist doch der Dämon von der Bresche, die letztes Jahr in die Stadtmauer gerissen wurde. Der einarmige Felsendämon, der sich an dem Jongleur Keerin rächen will, weil der ihn verstümmelt hat.«

»Er ist nicht hinter Keerin her«, berichtigte Arlen. »Er will mich.«

»Warum sollte er …«, hob Curk an, dann zeigte sich Verständnis in seinen Augen.

»Du bist es«, staunte er. »Der Junge aus Keerins Lied. Den er in jener Nacht gerettet hat.«

Arlen stieß ein Schnauben aus. »Keerin würde sich in die Hose scheißen, wenn er eine Nacht im Freien verbringen müsste.«

Curk gluckste in sich hinein. »Erwartest du von mir, dass ich glaube, du hättest der Bestie den Arm abgeschlagen? Dämonenscheiße!«

Arlen wusste, dass es ihm einerlei sein sollte, was Curk dachte, aber selbst nach so vielen Jahren wurmte es ihn, dass Keerin, ein erwiesener Feigling, den Ruhm für diese Tat eingeheimst hatte. Er drehte sich wieder zu dem Dämon um und spuckte aus, wobei sein Rotzfladen auf dem Schenkel das Horclings landete. Einarms Wut vervierfachte sich. Er grölte in ohnmächtiger Wut und prügelte noch wilder auf die Siegel ein.

Aus Curks Gesicht wich jede Farbe. »Bist du von Sinnen, Junge? Wie kannst du einen Felsendämon reizen?«

»Der hier war schon vorher gereizt«, stellte Arlen klar. »Ich zeige nur, dass das eine persönliche Angelegenheit ist.«

Curk fluchte, schlug mit einem Ruck seine Decken zurück und langte nach der Krucke. »Das ist die letzte Tour, die ich mit dir unternehme, du blöder Bengel! Jetzt ist an Schlaf gar nicht mehr zu denken!«

Arlen achtete nicht auf ihn, sondern fuhr fort, Einarm anzustarren. Hass und Ekel umgaben ihn wie eine Wolke aus Gestank, als er sich einen Weg ausmalte, wie er den Dämon töten konnte. Er hatte noch nie eine Waffe gesehen oder von einer gehört, die stark genug war, den Panzer eines Felsendämons zu durchdringen.

Nur eine zufällige Laune der Magie hatte den Arm abgetrennt, und Arlen hätte nicht sein Leben darauf verwettet, dass dieser Vorgang sich wiederholen ließe.

Sein Blick wanderte zu dem Karren. »Was denkst du, könnte ein Donnerstock ihn umbringen? Damit sprengt man immerhin festes Gestein.«

»Donnerstöcke sind kein Spielzeug, du dämlicher Bengel!«, schnappte Curk. »Was passiert, wenn man sie gegen einen Felsendämon einsetzt, weiß ich nicht, womöglich machen sie ihn noch wütender, wenn sie ihn nicht umbringen. Und falls du selbstmörderische Absichten hegst und es trotzdem ausprobieren willst, vergiss nicht, dass die Dinger nicht uns gehören. Wenn die Donnerstöcke bei Ablieferung gezählt werden und die Fracht nicht vollständig ist – auch wenn nur ein einziges Stück fehlt –, dann schadet das unserem Ruf mehr, als wenn wir die gesamte Fuhre verlieren würden.«

»Ich hab ja nur gefragt«, wiegelte Arlen ab, obwohl er mit einem sehnsüchtigen Blick nach dem Karren schielte.

Der nächste Tag verlief ruhig, während sie an der Sudflanke des Mount Royal vorbeifuhren – der im Westen gelegenen Schwester von Mount Miln –, an dessen Ostseite es von kleinen Minenstädten nur so wimmelte. Doch die Anzahl der Wegweiser verringerte sich, während sie auf die Westseite zusteuerten, und die Straße bestand eigentlich nur noch aus tief in den Boden eingegrabenen Radfurchen, die einen Pfad durch die Wildnis bahnten, von dem kaum eine Abzweigung wegführte.

Spät am Tage erreichten sie die Stelle, an der der Mount Royal an den nächsten Berg in der Gebirgskette stieß; dort stand auf einer großen Lichtung ein massiger, zwanzig Fuß hoher Siegelpfosten aus Zement. Die Siegel waren so groß, dass eine ganze Karawane in ihrem Bannbereich Schutz fand.

»Erstaunlich«, hauchte Arlen. »Es muss ein Vermögen gekostet haben, diesen Brocken zu gießen und hierherzuschaffen.«

»Was für uns ein Vermögen bedeutet, ist für Graf Brayan nicht mehr als ein Kupferheller«, meinte Curk.

Arlen sprang von dem Karren und trat an den gewaltigen Siegelpfosten heran, um ihn zu inspizieren. Ihm fiel auf, wie festgestampft der Boden der Lichtung war, und an den Löchern und Dellen erkannte er, dass im Laufe der Jahre die hier lagernden Kuriere, Karawanenbegleiter und Siedler Hunderte von Feuergruben angelegt und massenhaft Pfähle in den Grund getrieben hatten. Auch jetzt war der Platz erst kürzlich benutzt worden, der Geruch von dem Lagerfeuer der letzten Nacht schwebte noch in der Luft.

Während Arlen den Siegelpfosten untersuchte, bemerkte er ein am Sockel befestigtes Messingschild. Darauf stand: *Mount Brayan.*

»Graf Brayan besitzt den ganzen Berg?«, fragte er.

Curk nickte. »Als Brayan um Erlaubnis bat, hier oben Minen betreiben zu dürfen, lachte der Herzog ihn aus und überließ ihm den verdammten Berg vom Fuß bis zur Spitze für ein Jongleurlied. Euchor wusste nicht, dass die Gräfin Mutter Cera, Brayans Ehefrau, in einem alten Geschichtsbuch einen Vermerk gefunden hatte, in dem von einer Goldmine auf dem Gipfel die Rede war.«

»Mittlerweile dürfte ihm das Lachen wohl vergangen sein«, vermutete Arlen.

Curk prustete durch die Nase. »Jetzt ist die Krone bei Brayan hoch verschuldet, und Mutter Ceras Arsch ist der einzige in der Stadt, in den Euchor sich nicht zu kneifen traut.« Beide lachten, und Arlen schickte sich an, den Pfosten hochzuklettern, um vom Wind angewehte Blätter und sogar ein frisches Vogelnest von den Siegeln zu kratzen.

Es war eine kalte Frühlingsnacht, aber der Pfosten strahlte Hitze ab, die er den Dämonen entzog, die versuchten, seinen Schutzkreis zu durchbrechen. Die Wirkung der Bannzone schwächte sich ab, je weiter man sich von dem Pfosten entfernte, aber sie dehnte sich mindestens fünfzig Schritt in jede Richtung aus. Nicht einmal Einarm konnte ihnen etwas anhaben.

Am nächsten Morgen quälten sie sich die gewundene Straße hoch, die sich dreimal um den gesamten Berg herumzog und immer schmaler, felsiger und kälter wurde, bevor sie Brayans Mine erreichte. Als sie sich um die Mittagsstunde einem großen Felsvorsprung näherten, durchschnitt ein schriller Pfiff die Luft. In dem Moment, in dem Arlen überrascht den Kopf hob, prallte genau zwischen ihm und Curk etwas gegen den Kutschbock und bohrte sich durch das Holz wie die Kralle eines Felsendämons.

»Das war nur ein Signal, um euch zu zeigen, dass wir es ernst meinen«, rief ein Mann und trat hinter dem Felssporn hervor. Er trug derbe Arbeitskluft und auf seinem Kopf saß ein Schutzhelm mit einer Fassung für eine Kerze, wie Minenarbeiter ihn benutzten. Ein über Mund und Nase gebundenes Tuch verdeckte die untere Hälfte seines Gesichts. »Der Bursche, der auf den Felsen dort hockt, kann mit seiner Armbrust einen Faden durch ein Nadelöhr schießen.«

Arlen und Curk spähten nach oben und entdeckten tatsächlich einen Mann, der auf den Felsen kniete; sein Gesicht war ähnlich vermummt wie das seines Kameraden, und er zielte mit einer wuchtigen Armbrust auf sie. Eine zweite, gerade abgeschossene Waffe lag neben ihm.

»Beim Horc!« Curk spuckte aus. »Ich wusste, dass so etwas passieren würde!« Er riss beide Hände hoch.

»Er hat nur noch einen Schuss«, murmelte Arlen.

»Mehr braucht er auch nicht«, brummte Curk zurück. »Aus dieser Nähe durchschlägt ein Armbrustbolzen selbst deine schicke Rüstung, als bestünde sie aus Schnee.«

Sie konzentrierten sich wieder auf den Mann, der ihnen den Weg verstellte. Er war nicht bewaffnet, doch ihm folgten zwei Kerle mit gespannten Jagdbögen, und hinter ihnen marschierte ein halbes Dutzend kräftige Burschen mit Spitzhacken. Alle trugen Helme mit Kerzen und hatten sich Tücher vor die Gesichter geknotet.

110

»Wir wollen euch nicht töten«, erklärte der Anführer der Banditen. »Wir sind keine Horclinge, nur Familienväter, die viele Mäuler stopfen müssen. Jeder weiß, dass ihr Kuriere im Voraus bezahlt werdet und eure eigenen Sachen auf euren Pferden festbindet. Ihr schirrt einfach nur eure Gäule ab, lasst den Karren stehen und zieht eures Weges. Wir nehmen nichts, was euch persönlich gehört.«

»Ich weiß nicht«, krächzte einer der Spitzhackenträger und ging zu Arlen hin. »Vielleicht verzichte ich doch nicht auf diese polierte, mit Siegeln geschmückte Rüstung.« Er klopfte mit seiner Waffe gegen Arlens Brustplatte und zog eine zweite Schramme in den Stahl, direkt neben der, die Curk eingeritzt hatte.

»Eher kriegt dich der Horc!«, versetzte Arlen und packte die Spitzhacke unmittelbar hinter dem Kopf. Er riss daran und rammte dem Mann seinen stählernen Stiefel ins Gesicht, als der nach vorn gezerrt wurde. In hohem Bogen Zähne und Blut spuckend, landete der Kerl krachend auf dem Boden.

Arlen schleuderte die Spitzhacke den Berghang hinunter, und im nächsten Moment schnappte er sich seinen Schild und Speer. »Jedem, der dem Karren zu nahe kommt, stoße ich diesen Speer ins Auge.«

»Bist du irre, Junge?«, schimpfte Curk, die Arme immer noch in die Höhe gereckt. »Willst du dich wegen eines Karrens umbringen lassen?«

»Wir haben versprochen, diesen Karren zu Brayans Mine zu bringen«, entgegnete Arlen mit lauter Stimme, ohne die Banditen auch nur eine Sekunde lang aus den Augen zu lassen. »Und genau das werden wir tun.«

»Das hier ist kein Spiel, Junge«, rief der Anführer der Bande. »Ein Armbrustbolzen durchschlägt diesen Schild, kein Problem.«

»Darauf kann dein Schütze auch nur hoffen«, brüllte Arlen so laut, dass der Kerl mit der Armbrust ihn hören musste. »Andernfalls werden wir ja sehen, ob er einem Speer ausweichen kann, ohne von den Felsen zu stürzen und sich das Genick zu brechen.«

Der Anführer trat vor, griff nach dem Arm des Banditen, den Arlen getreten hatte, zog ihn auf die Füße und schubste ihn zu seinen Spießgesellen zurück; das alles geschah in einer einzigen, fließenden Bewegung.

»Der hier ist ein Idiot«, wandte er sich an Arlen, »und er spricht nicht für uns alle. Du behältst deine Rüstung. Wir brauchen nicht mal den Karren. Bloß ein paar Kisten von der Fracht, dann lassen wir euch in Frieden weiterziehen.«

Arlen schwang sich auf die Ladefläche des Wagens und stellte seinen Stiefel mit einem dumpfen Knall auf eine Kiste mit Donnerstöcken. »Diese Kisten? Soll ich sie vom Wagen schmeißen?« Curk stieß einen Schrei aus, seine Arme ruderten nach hinten, und er kippte von seinem Sitz. Sämtliche Männer zuckten vor Schreck zusammen.

Der Anführer hob eine Hand und winkte ab. »Das hat keiner gesagt. Weißt du überhaupt, was da drin ist, Junge?«

»Selbstverständlich weiß ich Bescheid«, betonte Arlen. Dann ging er in die Hocke, legte den Speer ab und förderte aus einer der Kisten einen Donnerstock zutage. Er war zwei Zoll dick und zehn Zoll lang, und eingewickelt in ein mattgraues, unscheinbares Papier, das nichts von der ungeheuren Kraft verriet, die sich darin verbarg. An einem Ende der Stange baumelte eine dünne Lunte aus langsam brennendem Zwirn.

»Ich habe auch ein Streichholz zur Hand, um die Lunte anzuzünden«, drohte Arlen und hielt den Donnerstock in die Höhe, damit jeder ihn sehen konnte.

Wie ein Mann wichen die Banditen ein paar Schritte zurück. »Sei ja vorsichtig, Junge«, warnte ihn der Anführer. »Diese Dinger gehen manchmal auch ohne einen Funken los. Man sollte lieber nicht damit herumfuchteln.«

»Dann bleibt ihr wohl besser auf Abstand«, entgegnete Arlen. Eine Weile herrschte Schweigen, während er und der Bandenführer einander anstarrten. Plötzlich ertönte ein schnappendes Geräusch, und alle prallten entsetzt zurück.

Aus dem Augenwinkel sah Arlen, dass Curk die Lederriemen durchgeschnitten hatte, die sein Pferd mit dem Wagengeschirr verbanden, und bereits aufsaß. Er griff nach Speer und Schild und vollführte mit dem Ross eine Wendung, bis er die Banditen im Blickfeld hatte. Arlen sah, wie sich ein zweifelnder Ausdruck in die Miene des Anführers schlich, und er schmunzelte.

Aber Curk senkte die Speerspitze, und Arlen begriff, dass er keineswegs vorhatte, ihren momentanen Vorteil zu nutzen.

»Ich lasse mich nicht von Donnerstöcken zerreißen!«, schrie Curk. »Ich will mich noch ein paar Jahre lang besaufen können, so lange meine fünfzehnhundert Sonnen reichen!«

Der Anführer schaute verdattert drein, dann nickte er. »Du bist ein kluger Mann.« Er gab den anderen einen Wink; sie sollten zur Seite treten und Curk unbehelligt bergab reiten lassen. »Bleib so schlau und reite einfach weiter, wenn du den Siegelpfosten siehst.«

Curk schaute zu Arlen. »Über einen Kratzer auf deiner Rüstung regst du dich auf, aber wegen eines Karrens willst du dich in Stücke sprengen lassen? Du kannst nicht ganz richtig im Kopf sein, Bengel.« Er drückte seinem Pferd die Hacken in die Seiten, und wenig später waren Ross und Reiter auf dem bergab führenden Pfad verschwunden. Selbst das Trommeln der galoppierenden Hufe verhallte bald.

»Es ist noch nicht zu spät, um seinem Beispiel zu folgen«, schlug der Anführer Arlen vor. »Hast du schon mal gesehen, wie ein Donnerstock einen Menschen zurichten kann? Das Ding, das du da in der Hand hältst, zerfetzt dich, dass nichts mehr von dir übrig bleibt, um bei deiner Beerdigung verbrannt zu werden. Deine schmucke Rüstung mit den feinen Siegeln würde von der Explosion zerrissen werden wie altes Papier.«

Mit einer Handbewegung deutete er auf den Pfad, den Curk genommen hatte. »Schwing dich auf dein Ross und mach, dass du fortkommst. Wenn du Angst hast, wir könnten dir was antun, behalte von mir aus diesen Donnerstock in der Hand.«

Aber Arlen hatte nicht vor, den Karren im Stich zu lassen. »Wer hat euch verraten, dass wir hier vorbeikommen würden? War es Sandar? Wenn ich rauskriege, dass er gar kein gebrochenes Bein hat, werde ich es ihm brechen.«

»Es spielt keine Rolle, wer uns den Wink gegeben hat«, meinte der Bandit. »Keiner wird dir unterstellen, dass du deine Pflicht nicht erfüllt hast. Die Kuriergilde kann stolz auf dich sein, aber du hast das Spiel verloren. Was kümmert es dich, ob Graf Brayan einen Verlust einstecken muss? Er kann es sich leisten.«

»Graf Brayan interessiert mich nicht«, gab Arlen zu. »Aber ich halte meine Versprechen, und ich habe mich verpflichtet, diesen Karren mitsamt der kompletten Fracht zu einer seiner Minen zu bringen.«

Die Männer schwärmten aus, jeweils ein Bogenschütze und drei Kerle mit Spitzhacken postierten sich in beiden Richtungen auf der Straße. »Das werden wir aber nicht zulassen«, erklärte der Anführer der Bande. »Sobald du versuchst, den Karren in Bewegung zu setzen, erschießen wir dein Pferd.«

Arlen funkelte die Bogenschützen wütend an. »Wer auf mein Pferd schießt, ist tot. Verlasst euch drauf«, drohte er.

Der Bandit stieß einen langgezogenen Seufzer aus. »Was bringt uns dieses ganze Hin- und Hergezerre, außer, dass die Dunkelheit immer näher rückt?«

»Wie lange wollt ihr es hier draußen aushalten?«, fragte Arlen. Mit seinem Panzerhandschuh klopfte er gegen die zerschrammte Brustplatte. »Ich kann es in meiner ›schmucken Rüstung mit den feinen Siegeln‹ riskieren, auf die Dämonen zu warten.«

Er musterte die Banditen, die alle zu Fuß waren und nicht mal einen Rucksack bei sich hatten. »Ich denke, ihr müsst in den sicheren Bereich von Brayans Siegelpfosten zurückkehren, ehe es dunkel wird. Deshalb habt ihr Curk geraten, einfach weiterzureiten anstatt dort Rast zu machen, und auf diesem Weg braucht man zu Fuß bis dorthin mindestens fünf Stunden. Wenn ihr nicht früh genug aufbrecht, kommt ihr nicht mehr rechtzeitig an. Ist es das wert, sich für ein paar Kisten mit Donnerstöcken von den Horclingen töten zu lassen, wo ihr doch alle Familien zu versorgen habt?«

»Also gut, wir haben versucht, es dir leichtzumachen«, ächzte der Anführer. »Fed, erschieß ihn.« Rasch duckte sich Arlen hinter seinen Schild, aber der erwartete Aufprall blieb aus.

»Du hast gesagt, es werden keine Namen genannt, Sandar!«, brüllte der Armbrustschütze.

»Ist doch ohnehin egal, du Volltrottel, wenn du ihm einen Bolzen durch den Schädel jagst!«, schnauzte Sandar.

Arlen erschrak. Natürlich. Er hatte Sandar nie persönlich kennengelernt, aber jetzt ergab alles einen Sinn. Er nahm den Schild ein Stück zur Seite, damit er den Banditen sehen konnte. »Du hast den Beinbruch nur vorgetäuscht, damit du einen Tag früher losreiten und deine eigene Fuhre aus dem Hinterhalt überfallen konntest.«

Sandar zuckte gleichmütig mit den Schultern. »Du wirst nicht mehr lange genug leben, um es jemandem auf die Nase binden zu können.«

Doch von oben kam immer noch kein Armbrustbolzen. Arlen wagte es, über den Rand seines Schilds zu peilen. Feds Hände zitterten, die Armbrust schwankte heftig hin und her, und schließlich ließ er die Waffe sinken.

»Verdammt nochmal, Fed!«, donnerte Sandar. »Nun schieß doch endlich!«

»Nuckel an einer Dämonentitte!«, brüllte Fed zurück. »Ich bin nicht hier, um einen Jungen zu erschießen. Mein Sohn ist ja älter als er!«

»Der Junge hätte doch abhauen können!«, fauchte Sandar. Ein paar der anderen Männer gaben zustimmende Grunzlaute von sich, einschließlich der Kerl, dem Arlen die Zähne ausgetreten hatte.

»Ist mir egal!«, schrie Fed. »›Kein Mensch kommt zu Schaden‹, hast du gesagt. ›Wir knapsen nur ein bisschen von dem ab, was irgend so ein Adliger im Überfluss besitzt.‹« Er zog den Bolzen aus der Armbrust, schlang sich die Waffe über die Schulter und hob auch seinen Speer auf. »Mir reicht's!« Dann schickte er sich an, die Felsnase herunterzuklettern.

Einer der anderen Bogenschützen nahm ebenfalls den Pfeil aus der Rinne. »Fed hat Recht. Ich bin es genauso leid wie jeder andere, immer nur Schleimsuppe zu essen, aber deswegen werde ich nicht zum Mörder.«

Arlen war gespannt, wie der letzte Bogenschütze reagieren würde; doch der Mann stieß nur einen Seufzer aus und schoss den Pfeil ab.

Er konnte den Schild rechtzeitig hochreißen, aber es war ein wuchtiger Bogen mit einer großen Durchschlagkraft, und Arlens Schild bestand lediglich aus Holz, auf das eine dünne Schicht gehämmerter Stahl genietet war, mehr dazu gedacht, ihn vor Horclingen und Nachtwölfen zu schützen als vor Pfeilen. Die Pfeilspitze durchbohrte den Schild, ehe der Schaft steckenblieb, und verwundete Arlen an der Wange. Er taumelte zurück und verlor beinahe die Balance; unwillkürlich drückte die Hand, in der er den Donnerstock hielt, so fest zu, dass er schon befürchtete, er würde zwischen seinen Fingern explodieren. Alle hielten den Atem an.

Doch Arlen fing sich wieder und richtete sich auf; flink drehte er sich um und zeigte das Streichholz, das er in seiner Schildhand verbarg. Mit dem Daumennagel riss er es an, und mit einem leisen *Plopp* züngelte eine kleine Flamme hoch.

»Ich werde die Lunte anzünden, bevor das Streichholz meine Finger verbrennt«, kündigte er an und schwenkte den Donnerstock. »Und dann werfe ich dieses Ding hier auf jeden, der sich noch in meiner Nähe herumtreibt!«

Zwei Männer machten kehrt und rannten davon. Sandar kniff leicht die Augen zusammen, doch dann lüftete er ein wenig das Tuch vor seiner Nase und spuckte geräuschvoll aus. Während er sich eiligen Schrittes die Straße hinuntertrollte, bedeutete er seinen Kumpanen mit einem schrillen Pfiff, ihm zu folgen.

Das Zündholz brannte herunter und versengte Arlens Finger, aber er musste nicht die Lunte anzünden. Wenige Minuten später setzte er seinen Weg den Berg hinauf fort. Morgenröte war nicht erfreut darüber, den Karren ganz allein ziehen zu müssen, aber es ließ sich nun mal nicht ändern. Er glaubte nicht, dass die Banditen imstande wären, zu Fuß die Verfolgung aufzunehmen, trotzdem hielt er den Donnerstock und das Kästchen mit den Streichhölzern griffbereit – nur für alle Fälle. Als er den nächsten Siegelpfosten erreichte, war es fast dunkel.

Dort lauerte Sandar ihm auf.

Der Kurier hatte seine Verkleidung als Minenarbeiter gegen einen ramponierten Kettenpanzer aus Stahl, einen wuchtigen Speer und einen Schild eingetauscht. Er saß auf einem kräftigen Streitross, das viel größer war als ein schlanker Renner wie Morgenröte. Mit einem solchen Pferd und ohne einen Karren, der ihn langsamer machte und mit dem er sich an den vorgegebenen Weg halten musste, war es kein Wunder, dass er Arlen überholt hatte.

»Musstest den braven Jungen rauskehren, was?«, zischte Sandar. »Konntest du nicht mal ein Auge zudrücken und den Dingen ihren Lauf lassen? Die Gilde ist versichert. Du bist versichert. Du hättest mit Curk türmen können. Der einzige Verlierer wäre Graf Brayan gewesen, und dieser Dreckskerl ist so reich, dass ihm das Gold zum Arsch rausquillt.«

Arlen sah ihn nur an.

»Und jetzt …« Sandar hob seinen Speer. »Jetzt *muss* ich dich töten. Nur so kann ich sicher sein, dass du den Mund hältst.«

»Gäbe es für mich einen Grund, dich nicht anzuzeigen?«, fragte Arlen. »Ich mag es nämlich nicht, wenn man mit einer Armbrust oder einem Bogen auf mich zielt.« Er griff nach dem Donnerstock, der neben ihm auf dem Kutschbock lag.

Sandar trieb sein Pferd näher an den Karren heran. »Nur zu, tu es!«, forderte er ihn heraus. »Wenn das Ding jetzt explodiert, fliegen die Kisten auf dem Wagen mit in die Luft. Wir beide werden getötet, und unsere Pferde auch. So oder so, die Donnerstöcke werden Brayans Gold niemals erreichen.«

Arlen musterte ihn scharf, aber er wusste, dass Sandar Recht hatte. Was immer Curk von ihm denken mochte, er war weder verrückt, noch wollte er an diesem Tag sterben.

»Dann steig von deinem Pferd«, forderte Arlen. »Tritt in einem fairen Kampf gegen mich an, dann sollen unsere Speere entscheiden, wer von uns beiden überlebt.«

»Eines muss man dir lassen – du hast Mut, Junge.« Sandar lachte. »Wenn du danach schreist, dass ich dir eine gehörige Tracht Prügel verpasse, bevor ich dich töte, dann will ich dir diesen Gefallen gern tun.« Er ritt auf die Lichtung vor dem Siegelpfosten, saß ab und band sein Pferd fest. Arlen folgte ihm und legte den Donnerstock weg. Dann schnappte er sich seinen Speer und den Schild, ehe er vom Karren sprang.

Mit gespreizten Beinen nahm er eine bequeme Kampfstellung ein, Schild und Speer bereit. Mit Cob und Ragen hatte er unzählige Stunden lang den Speerkampf trainiert, aber diesmal war es Ernst. Dieses Mal würde Blut fließen.

Wie die meisten Kuriere, glich Sandar von seiner Statur her eher einem Bären als einem Mann. Seine Arme und Schultern waren muskulös, er besaß einen breiten Brustkorb und hatte mehr Mumm als die meisten Menschen. Er hielt seine Waffen als seien sie ein Teil seines Körpers, und in seinen kalten Augen lag derselbe starre, raubtierhafte Blick, den Arlen bei Einarm gesehen hatte. Er machte sich keine Illusionen – Sandar würde nicht zögern, ihm den Todesstoß zu versetzen.

Sie fingen an, sich in entgegengesetzter Richtung zu umkreisen, nach einer Schwäche des Gegners suchend. Probehalber stieß Sandar mit seinem Speer zu, aber Arlen schlug ihn mit Leichtigkeit zur Seite, nahm sogleich wieder Verteidigungshaltung ein und ließ sich nicht aus der Deckung locken. Dann konterte er mit einem mäßig stark geführten Stoß. Wie erwartet, flog Sandars Schild hoch, um ihn abzuwehren.

Wieder ging Sandar zum Angriff über, dieses Mal energischer, aber er wandte nur eine sehr simple Kampftechnik an. Arlen beherrschte sämtliche Paraden und Verteidigungsschläge und führte sie rein mechanisch aus, während er auf die richtige Attacke wartete, den Ausfall, der ihn überrumpeln sollte, wenn er mit einer völlig anderen Taktik rechnete.

Doch dieser Angriff kam nicht. Sandar war massig gebaut, und in seinen Augen glühte die Mordlust, aber er kämpfte wie ein Anfänger. Nachdem sie minutenlang um den Siegelpfosten herumgetanzt waren, hatte Arlen das Spiel satt und lief in die nächste vorhersehbare Attacke hinein. Er duckte sich, hakte seinen Schild in den von Sandar, hob beide an, um sich Deckung zu geben, und knallte seinen Speerschaft seitlich gegen Sandars Knie.

Man hörte einen scharfen Knall, der in der kühlen Luft widerhallte, als würde der Zweig eines kahlen Baums durch den Wind vom Stamm gerissen. Schreiend brach Sandar auf dem Boden zusammen.

»Du Sohn des Horc! Du hast mir das Bein gebrochen, verdammt nochmal!«, jaulte er.

»Das hatte ich dir doch versprochen«, entgegnete Arlen.

»Ich bring dich um!«, kreischte Sandar, der sich vor Schmerzen wand.

Arlen trat einen Schritt zurück und klappte sein Visier hoch. »Das kommt mir sehr unwahrscheinlich vor. Der Kampf ist vorbei, Sandar. Je eher du das einsiehst, umso schneller kann ich zu dir kommen und dein Bein richten.«

Sandar stierte ihn mit mörderischen Blicken an, aber nach einer Weile warf er seinen Speer und den Schild außer Reichweite. Arlen legte seine eigenen Waffen ab und bückte sich nach Sandars Speer. Er stemmte ihn auf den Boden und zerbrach ihn mit einem heftigen Tritt seiner von Stahl umschlossenen Ferse. Die beiden Hälften legte er neben Sandar auf den Boden und kniete nieder, um das Bein zu untersuchen.

In diesem Moment schleuderte Sandar ihm eine Handvoll losen Dreck direkt in die Augen.

Arlen schrie auf und taumelte zurück, aber sofort warf sich Sandar über ihn und drückte ihn zu Boden. Flach auf dem Rücken, unbeweglich durch die schwere Stahlrüstung und mit einem Mann, der rittlings auf ihm hockte, hatte Arlen keine Chance, aufzustehen.

»Ich mach dich kalt, du verfluchter Scheißkerl!«, grölte Sandar und ließ seine schwer gepanzerten Fäuste auf Arlens Kopf niedersausen. Anstatt ihn zu behindern, schienen die Schmerzen in seinem Bein ihm Wahnsinnskräfte zu verleihen, wie einem in die Enge getriebenen Nachtwolf.

Arlens Kopf fühlte sich an wie der Klöppel in einer Glocke, und er konnte keinen klaren Gedanken fassen. Halbblind von dem Sand in den Augen, sah er kaum das lange Messer, das Sandar plötzlich in einer Faust hielt, aber er konnte es instinktiv spüren. Beim ersten Stoß glitt die Klinge an seiner Brustplatte ab, doch beim zweiten Mal fraß sich die Spitze durch die Ringe, die das Schultergelenk miteinander verbanden.

Arlen warf den Kopf zurück und schrie. Die Rüstung verbog die Klinge, aber die Schmerzen waren entsetzlich, und er wusste, dass seine Schulter tagelang wehtun würde.

Vorausgesetzt, er überlebte die nächsten Minuten.

Sandar gab den Versuch auf, die Rüstung durchbohren zu wollen, und stach mit dem Messer auf Arlens Hals ein. Doch Arlen gelang es, den Stoß abzufangen; er umklammerte Sandars Handgelenk, und eine Zeit lang rangen sie stumm miteinander. Arlen spannte jeden Muskel seines Körpers an, aber Sandar war ein Schwergewicht, befand sich in der günstigeren Position und kämpfte mit der ungeheuren Kraft eines Wahnsinnigen. Die Klinge näherte sich immer mehr der schmalen aber ungeschützten Rille zwischen Arlens Halsbeuge und Helm, an der Arlen am verwundbarsten war.

»Fast geschafft«, flüsterte Sandar heiser.

»Freu dich nicht zu früh«, ächzte Arlen und schmetterte eine gepanzerte Faust gegen Sandars gebrochenes Knie. Der Kurier stieß ein beinahe tierisches Geheul aus und bäumte sich gequält auf. Arlen verpasste ihm einen Boxhieb gegen das Kinn. Als Sandar umkippte, rollte er sich über ihn und presste nun ihn zu Boden. Er drückte sein Knie auf den Arm mit dem Messer und traktierte ihn solange mit schweren Schlägen, bis die Waffe aus Sandars kraftlosen Fingern rutschte.

Lange nach Einbruch der Nacht saß Arlen am Rand des Siegelnetzes, beobachte Einarms Toben und wog den Donnerstock nachdenklich in einer Hand. In der anderen hielt er ein Streichholz mit weißem Kopf. Es juckte ihn in den Fingern, es anzuzünden, und die Armmuskeln spannten sich, bereit, den Donnerstock zu werfen. Er stellte sich vor, wie Einarm ihn mit seinen Kiefern schnappen und die Explosion den Kopf des Horclings zerplatzen lassen würde. In Gedanken sah er den verstümmelten Körper in einer Lache aus schwarzem Dämonenblut am Boden liegen.

Doch ständig hörte er Curks Stimme in seinem Kopf. *Vergiss nicht, dass die Dinger nicht uns gehören.* Am Ende mochte sich Curk als Feigling entpuppt haben, aber was die Donnerstöcke betraf, hatte er Recht. Arlen war kein Dieb. Er schaute zu Sandar und merkte zu seiner Überraschung, dass der Mann wach war und ihn anstarrte.

»Ich weiß, was du gerade denkst«, meinte Sandar, »aber weiter oben auf dem Berg liegt eine ganze Menge loses Geröll herum. Ein Donnerstock würde wahrscheinlich eher eine Steinlawine auslösen als diesen Dämon töten.«

»Du hast keinen blassen Schimmer, was ich denke«, widersprach Arlen.

Sandar knurrte. »Nein, natürlich nicht«, räumte er ein. »Ich grüble schon die ganze Zeit darüber nach, warum du mein Bein geschient und mir ein kaltes Tuch auf den Kopf gelegt hast. Wäre der Kampf anders ausgegangen, hätte ich dich getötet und eine Steilwand hinuntergeworfen.«

»Ich will nicht, dass du stirbst«, erklärte Arlen. »Du kannst auch mit dieser Schiene auf einem Pferd sitzen. Reite in aller Ruhe zurück, und ich werde Malcum nur so viel erzählen, dass du nur deine Lizenz verlieren wirst, weiter nichts.«

Aus Sandars Kehle löste sich ein raues Lachen. »Wegen Malcum mache ich mir keine Sorgen, sondern wegen Graf Brayan. Wenn er Wind davon kriegt, dass ich versucht habe, ihn zu berauben, steckt mein Kopf noch vor Sonnenuntergang auf einer Pike.«

»Wenn die Fracht heil ankommt, sorge ich dafür, dass du deinen Kopf behältst«, versprach Arlen.

»Verzeih mir meine Skepsis, aber darauf möchte ich mich nicht verlassen«, entgegnete Sandar.

Arlen zuckte mit den Schultern. »Heute Nacht kannst du ja noch einmal versuchen, mich umzubringen, aber ich warne dich, ich habe einen leichten Schlaf. Wenn du mich noch ein einziges Mal angreifst, breche ich dir so viele Knochen, dass du nie wieder auf einem Pferd sitzen kannst. Dann schleife ich dich mit zu Brayans Gold, damit du den Leuten, die du bestehlen wolltest, in die Augen siehst.«

Sandar nickte. »Du kannst beruhigt schlafen, ich reite ganz friedlich zurück. Curk hatte Recht. Du sehnst dich danach, zu sterben, Junge. So was gibt's. Die Chancen stehen hoch, dass du nicht lange genug leben wirst, um irgendjemandem irgendetwas erzählen zu können.«

Als die Dämonen im fahlen Licht der Morgendämmerung wieder in den Horc zurücksanken, hatte Arlen das

Lager bereits abgebrochen. Er und Sandar verließen den Schutz des Siegelpfostens und trennten sich, als die Sonne über den Berggipfeln aufging.

Während Arlen den Karren über den serpentinenreichen Weg lenkte, spürte er ganz deutlich, wie die Luft immer kälter wurde. Auf der Milneser Ebene hatte der Frühling bereits seine volle Pracht entfaltet, aber so weit oben hielten sich noch Reste von Schnee, und nun, da der schneidende Wind den Stahl kühlte, kam ihm seine Rüstung längst nicht mehr so warm vor. Er ging dazu über, jeden Tag eine ziemlich lange Strecke neben dem Karren zu marschieren, nicht nur, um seinen Blutkreislauf in Schwung zu halten, sondern auch, um Morgenröte zu entlasten, die tapfer die Arbeit von zwei Pferden verrichtete. Sie kamen nur langsam voran, aber als Arlen den nächsten von Brayans großen Siegelpfosten erreichte, blieben ihm bis zum Einbruch der Dunkelheit immer noch ein paar Stunden Tageslicht. Also zog er weiter und kampierte in der Abenddämmerung in seinen eigenen Bannzirkeln. Am nächsten Tag kam er ebenfalls zu früh an dem Siegelpfosten an, dafür tauchte der vierte gerade rechtzeitig auf, bevor die Dunkelheit einsetzte, so dass er in seinem Schutz lagerte.

Der Pfad wurde steiler, die Bäume kleiner und verkrüppelter, und zwischen den Felsen und dem Schnee gedieh nur eine verkümmerte Vegetation. In zahlreichen Windungen und Kehren schlängelte sich der Weg bergan, die nicht endenden Radfurchen führten mitunter in meilenweiten Umwegen um Hindernisse herum,

deren Größe so gewaltig war, dass man sie beim An-
legen der Trasse nicht hatte entfernen oder durchsto-
ßen können. Aber es ging stetig bergan, und das Klima
wurde zunehmend rauer. Aus den Furchen wurden Rin-
nen im Schnee, Bäume wuchsen hier überhaupt nicht
mehr.

Er versuchte nicht mehr, Brayans Siegelpfosten zu ig-
norieren; am Ende eines jeden Tages fühlte er sich so
erschöpft, dass er froh war, in ihrem Schutz rasten zu
können, obwohl er oft den daran klebenden Schnee
abkratzen musste, um die volle Kraft der Siegel wieder-
herzustellen.

Am siebten Tag nach seinem Aufbruch von Miln erspähte Arlen hoch oben an der Bergflanke die Zwi-
schenstation, die Malcum angekündigt hatte. Es war
ein kleines Gebäude, kaum mehr als eine Hütte, doch
nachdem er tagelang eisige Kälte, beißenden Wind
und Einsamkeit ertragen hatte, sehnte sich Arlen nach
einem Dach über dem Kopf und menschlicher Gesellschaft.

»Ay, Station!«, brüllte er, und sein Schrei brach sich
als Echo an der hochgelegenen Felswand.

»Ay, Kurier!«, ertönte wenig später die hallende Antwort.

Es dauerte noch fast eine Stunde, bis Arlen die in den
Berg hinein gebaute Station erreichte. Die Siegel an dem
Gebäude wirkten plump, aber sie waren akkurat ausgeführt, und er entdeckte viele Schutzzeichen, die er
noch gar nicht kannte. Sofort zückte er sein Journal
und zeichnete sie ab.

Der Hüter der Station, ein Mann mit einem gelben Bart, eingemummelt in eine dicke, mit dem Fell von Nachtwölfen gefütterte Jacke, auf der Graf Brayans Wappen prangte, kam heraus, um ihn zu begrüßen. Er war noch jung, vielleicht zwanzig Winter alt, und trug keine Waffe. Eine behandschuhte Hand ausgestreckt, stapfte er auf Arlen zu.

»Du bist nicht Sandar«, lächelte er.

»Sandar hat ein gebrochenes Bein«, erklärte Arlen.

»Es gibt also doch einen Schöpfer!« Der Bursche lachte schallend. »Ich bin Derek von den Goldmännern.«

»Arlen Strohballen, aus Tibbets Bach«, stellte Arlen sich vor und drückte fest die dargebotene Hand.

»Dann weißt du also, wie es ist, am Ende der Welt zu wohnen«, meinte Derek. »Ich will alles über dein Zuhause hören.« Er schlug mit der Hand auf Arlens Schulter. »Drinnen gibt es heißen Kaffee, wenn du dich aufwärmen möchtest. Ich bringe dein Pferd in den Stall und verstaue den Karren.« Es war erst gegen Mittag, aber es war ganz klar, dass Arlen in der Station übernachten würde. Derek schien genauso erpicht darauf zu sein, sich mit jemandem unterhalten zu können, wie Arlen.

»So kalt ist mir nicht, dass ich die Fuhre nicht selbst verstauen könnte«, behauptete Arlen, obwohl seine Hände und Füße vor Kälte schmerzten und sein Gesicht sich taub anfühlte. Nach allem, was er mit Sandar erlebt hatte, wollte er die Kisten mit den Donnerstöcken nicht aus den Augen lassen, bis er sie sicher weggesperrt wusste.

Derek zuckte die Achseln. »Von mir aus kannst du dich mit dem Karren abquälen, wenn dir danach ist.« Er griff nach Morgenrötes Zügeln und ging voraus zu einem zweiflügeligen hölzernen Scheunentor, das tief in die felsige Bergflanke eingelassen war.

»Und jetzt beeil dich!«, rief Derek Arlen zu, als er seine Hand auf den wuchtigen Eisenring legte, der von einem der Torflügel herabhing. »Damit die Wärme nicht nach draußen entweicht.« Er öffnete das Tor gerade mal so weit, dass der Karren hindurchpasste, und Arlen lenkte Morgenröte schnell in den dahinter liegenden Raum. Im ersten Moment umfing ihn eine wohlige Wärme, doch ehe Derek das Tor wieder schließen konnte, fauchte ein eisiger Windstoß an ihm vorbei, und mit der Gemütlichkeit war es aus.

Fröstelnd fand Arlen sich in einem kleinen Gelass wieder, an dessen hinterem Ende ein Vorhang aus dicken, zotteligen Fellen hing. Öllampen an den beiden Seitenwänden verströmten ein flackerndes Licht.

Derek schnappte sich eine der Lampen und zog den Vorhang zur Seite, um den Weg freizumachen. Arlen staunte nicht schlecht. Der enge Raum hinter dem Tor war lediglich der Eingang zu einer riesigen Kaverne, die sich tief in den Berg hineinzog. Hier gab es Pferche für die Unterbringung der Gespanne, Kornspeicher, in denen das Viehfutter aufbewahrt wurde, und ausreichend Stellplätze für ein Dutzend Karren. Zurzeit war die Grotte so gut wie leer, aber Arlen konnte sich vorstellen, wie hektisch und betriebsam es in der riesigen Halle zugehen musste, wenn eine Karawane hier lagerte.

Nachdem der Karren und das Pferd versorgt waren, schwitzte Arlen schon wieder in seiner Rüstung. Er sah sich in der Kaverne um, entdeckte aber nirgends Anzeichen für eine Ofenheizung oder ein Feuer.

»Warum ist es hier drin so warm?«, erkundigte er sich.

Derek führte ihn an die Felswand, ging in die Hocke und zeigte ihm ein verschlungenes Muster aus Siegeln, das ungefähr in Kniehöhe in einem Streifen auf die Wand gemalt war.

Arlen studierte das Muster. Es war nicht besonders kompliziert, aber die Idee fand er genial. »Hitzesiegel. Damit die Horclinge das äußere Tor attackieren …«

»Und ihre Magie hier hineingesogen wird, um die Wände zu beheizen«, schloss Derek. »In manchen Nächten wird es hier drin allerdings so heiß wie Feuerspucke. Da ist einem die Kälte beinahe schon lieber.« Arlen, der in seiner Rüstung kochte, brachte für Derek vollstes Mitgefühl auf.

Durch eine Seitenpforte verließen sie die Kaverne und gelangten in die eigentliche Station. Decke, Wände und Fußboden bestanden aus gewachsenem Fels, in den man lange Gänge, Türen und Kammern geschlagen hatte. Auch hier zogen sich Streifen aus Hitzesiegeln am Fuß der Wände entlang.

»Ich hätte nie gedacht, dass die Station so tief im Berg liegt«, gab Arlen zu.

»Es gab ja gar keine andere Möglichkeit, als sie in den Fels hinein zu bauen, andernfalls hätte man die Straße blockiert, und die ist schon schmal genug«, erklärte Derek. »Die Blockhütte stellt nur so was wie eine vordere Veranda dar. Komm mit, ich zeig dir dein Quartier.«

»Danke«, erwiderte Arlen. »Wenn ich nicht bald aus der verfluchten Rüstung rauskomme, schmelze ich. Seit einer Woche schlafe ich schon darin.«

»Das riecht man«, kommentierte Derek. »Du kannst das Fürstenzimmer haben, es ist ja kein anderer da, der es für sich beanspruchen könnte. Da gibt's eine Badewanne.«

Das Fürstenzimmer sollte Graf Brayan und seinen Erben all den Luxus bieten, den sie gewohnt waren, wenn sie loszogen, um die Minen zu inspizieren. Es war in der Tat ein wunderschönes Gemach, mit Eichenmöbeln, Fellteppichen und Steinen, die Hitzesiegel trugen. Vor allen Dingen stand darin ein richtiges Bett, auf dem eine mit Federn gepolsterte Matratze lag.

»Endlich scheint wieder die Sonne«, seufzte Arlen glücklich.

»Die Wanne befindet sich dort drüben.« Derek deutete auf eine glattwandige Vertiefung in dem Steinboden, neben der eine klobige Pumpe aufragte. »Die Pumpe ist mit einem Heißwasserspeicher verbunden. Suhl dich in dem Wasser, so lange du magst, dann komm raus zum Abendessen.«

Arlen nickte, und der Stationshüter entfernte sich. Er hatte vorgehabt, sich seiner Rüstung zu entledigen und sofort ein Bad zu nehmen, doch dann ließ er sich nur für einen Moment auf die Matratze sinken, genoss die weiche Unterlage und merkte auf einmal, dass ihm die Kraft zum Aufstehen fehlte. Er schloss die Augen und schlief prompt ein.

Irgendwann brachte Arlen die Energie auf, sich aus seiner Rüstung zu schälen und zur Badewanne hinüberzutapsen. Die Arbeit am Pumpenschwengel, mit der er das Wasser einließ, machte ihn wieder halbwegs wach, doch sobald er sich in dem heißen Bad entspannte, nickte er immer wieder ein. Lediglich das hartnäckige Knurren seines Magens trieb ihn dazu, wieder in seine Kleider zu steigen und aus dem Zimmer zu taumeln, wobei er sich ohne die Rüstung so leicht fühlte, als könne er schweben.

»Derek?«, rief er.

»In der Küche!«, antwortete der Stationshüter. »Lass dich von deiner Nase leiten!«

Arlen sog schnüffelnd die Luft ein, und sein Magen knurrte noch lauter. Seine Nase führte ihn ohne Umwege in die Küche, wo Derek, angetan mit einer Schürze und dicken Lederhandschuhen, emsig herumfuhrwerkte.

»Setz dich«, forderte er Arlen auf und zeigte auf den nächsten Stuhl an einem ovalen Tisch, der mitten im Raum stand und so groß war, dass zwanzig Männer gleichzeitig dort ihre Mahlzeiten einnehmen konnten. »Das Essen ist gleich fertig. Fühlst du dich wieder wie ein Mensch?«

Arlen nickte und nahm Platz. »Erst jetzt, wo ich wieder sauber bin, wird mir klar, wie schmutzig ich gewesen sein muss.«

Derek trat an ein Fässchen und füllte einen Krug mit schäumendem Bier. Mit einer Geschicklichkeit, die von viel Übung zeugte, verpasste er dann dem Krug einen Schubs und ließ ihn auf dem glatt polierten Tisch zu Arlen schlittern. »Die Fässer lagere ich im Schnee, bis sie gebraucht werden. Das hier habe ich extra für dich angezapft.« Er griff nach seinem eigenen Krug, hob ihn an und prostete Arlen zu.

Arlen folgte seinem Beispiel, und beide tranken in tiefen Zügen. Überrascht schaute Arlen auf seinen Krug. »Vielleicht hat die Woche auf der Landstraße meinen Verstand getrübt, aber ich könnte schwören, dass dieses Bier in Torfhügel gebraut wurde.«

»Es wurde den ganzen weiten Weg von Tibbets Bach bis hierher gebracht«, gab Derek ihm Recht, nahm Arlens Krug und setzte ihm eine neue Schaumkrone auf. »Es hat viele Vorteile, wenn man jeden Kurier, Fuhrmann und Karawanenbegleiter mit Namen kennt.«

»Das erste Bier, das ich je trank, kam aus Torfhügel«, erzählte Arlen, trank einen Schluck und ließ ihn langsam über die Zunge gleiten. Auf einmal war er wieder zwölf Jahre alt und hörte zu, wie Ragen und der alte Vielfraß im Gemischtwarenladen von Tibbets Bach miteinander feilschten.

»Das erste Bier schmeckt immer am besten«, meinte Derek.

Arlen nickte und widmete sich wieder seinem Krug. »An diesem Tag hat sich mein Leben von Grund auf verändert.«

Derek lachte. »Das geht wohl jedem Mann so.« Er setzte seinen Krug ab, nahm ein paar harte, ausgehöhlte Brotlaibe und füllte sie mit einem sämigen Fleisch- und Gemüseeintopf.

Arlen stürzte sich auf das Essen wie ein Horcling, riss Brocken der warmen Kruste ab und löffelte damit den köstlichen Eintopf in seinen Mund. Binnen weniger Minuten hatte er seinen Teller bis auf den letzten Krümel und Fettfleck blankgeputzt. Noch nie zuvor hatte eine Mahlzeit ihn so zufriedengestellt.

»Bei der Nacht, nicht einmal meine Mam konnte so gut kochen«, lobte er.

Derek schmunzelte erfreut. »Hier draußen gibt es nicht besonders viel zu tun, deshalb habe ich mich zu einem ganz annehmbaren Koch gemausert.« Er räumte die Teller und Bierkrüge ab und stellte stattdessen Kaffeetassen auf den Tisch. Das Gebräu verströmte ein erstaunliches Aroma.

»Wenn du möchtest, können wir den Kaffee draußen in der Veranda trinken und den Sonnenuntergang genießen«, schlug Derek vor. »Der Vorbau hat große Fenster aus diesem neuen, mit Siegeln geschützten Glas, das man seit ein paar Jahren herstellt. Hast du so was schon mal gesehen?«

Arlen lächelte. Er war derjenige gewesen, der die Glassiegel nach Miln gebracht hatte, und in Cobs Werkstatt wurden sämtliche Glasarbeiten für Graf Brayan ausgeführt. Wahrscheinlich hatte er, Arlen, die Scheiben sogar selbst mit Siegeln versehen.

»Ich habe davon gehört«, antwortete er, weil er den Stationshüter nicht enttäuschen wollte, der ungeheuer stolz dreinschaute.

Als sie die Küche verließen, lösten glatte Kiefernholz-dielen den Steinboden ab, und sie betraten einen großen Gemeinschaftsraum mit Bänken, auf denen gemütliche Kissen lagen, und niedrigen Tischen. Arlens Blick wan-derte sofort zu den Fenstern, und er schnappte nach Luft.

Bis jetzt hatte er geglaubt, dass der Blick auf die Berge vom Dach der herzoglichen Bibliothek in Miln durch nichts übertroffen werden könnte. Doch die Aus-sicht, die man von dort oben hatte, war nichts vergli-chen mit dem Panorama, das sich einem Besucher der Wegstation darbot, die selbst noch die höchsten Gipfel zu überragen schien. Tief unten jagten Wolken dahin, und wenn sie sich teilten, konnte er in weiter Ferne Fort Miln als winzigen Punkt erkennen.

Sie setzten sich vor die Fenster, und Derek holte zwei Pfeifen, einen Beutel mit Kraut und ein Kästchen Streich-hölzer hervor. Eine Weile saßen sie schweigend da, rauch-ten, tranken ihren Kaffee und beobachteten vom Dach der Welt aus, wie die Sonne unterging.

»Etwas Schöneres habe ich noch nie gesehen«, sin-nierte Arlen.

Derek seufzte und nippte an seinem Kaffee. »Früher dachte ich genauso, aber dieses Fenster ist mittlerweile nur noch die vierte Wand meines Gefängnisses.«

Arlen sah ihn verdutzt an, und Derek wurde rot. »Tut mir leid. Ich wollte dir die Aussicht nicht madigmachen.«

Arlen winkte bloß ab. »Glaub mir, ich kann dich gut verstehen. Wie oft wirst du abgelöst?«

»Früher habe ich einen Monat lang hier oben Dienst geschoben und hatte den nächsten Monat frei«, erwiderte Derek. »Doch dann wurde ich mit der Tochter des Barons in einem stillgelegten Stollen erwischt, und er hätte mir am liebsten die Eier abschneiden lassen. Er tobte, eher würde er sich dem Horc verschreiben, als zuzulassen, dass seine Tochter einen Knecht heiratet. Jetzt sitze ich bereits seit drei Monaten hier oben, ohne abgelöst zu werden. Ich schätze, das Mädchen hatte mittlerweile ihren Monatsfluss, sonst hätten sie mich schon zurückgeholt und einen Fürsorger kommen lassen. Wenn ich Pech habe, darf ich nicht einmal nach Hause, wenn die Station den Winter über geschlossen wird.«

»Und seit drei Monaten hockst du hier mutterseelenallein herum?«, wiederholte Arlen. Er fand diese Vorstellung erschreckend.

»Die meiste Zeit bin ich allein«, bestätigte der Stationshüter. »Ungefähr alle vierzehn Tage kommt ein Kurier vorbei, und Karawanen lagern hier ein paarmal im Jahr. Wochenlang sitze ich nur auf meinem Hintern, und plötzlich muss ich ein Dutzend Wagen und fünfzig Stück Vieh und Lasttiere versorgen. Obendrein für dreißig Begleiter die Quartiere richten, und wenn es ganz dick kommt, wuselt noch irgendein Adliger herum und schnauzt mich an, weil ich keine Zeit für ihn habe.«

»War sie es denn wert?«, fragte Arlen.

Derek gluckste vergnügt in sich hinein. »Stasy Schneyder? Es gibt kein entzückenderes Mädchen auf der Welt, und das kannst du ihr von mir ausrichten. Ich hätte genauso gut der Schwiegersohn des Barons werden können, aber stattdessen hat man mich in die Verbannung geschickt.«

»Kannst du nicht einfach diese Stelle kündigen?«, überlegte Arlen. »Dir eine andere Arbeit suchen?«

Derek schüttelte den Kopf. »In Brayans Gold kriegt man nur die Arbeit, die der Baron einem zuweist. Wenn er bestimmt, dass ich das ganze Jahr über in der Wegestation bleiben muss, nun ja ...« Er zuckte die Achseln. »Trotzdem finde ich es immer noch besser, den ganzen Tag lang Selbstgespräche zu führen, als in einem finsteren Minenschacht die Spitzhacke zu schwingen und Angst haben zu müssen, verschüttet zu werden oder zu tief zu graben und einen Zugang zum Horc zu öffnen.«

»Ich glaube nicht, dass diese Gefahr besteht«, meinte Arlen.

»Aber hier oben zu sitzen ist auch allemal sicherer als die Arbeit eines Kuriers«, warf Derek ein. »Was ist eigentlich mit deiner Wange passiert?«

Reflexhaft hob Arlen die Hand und strich mit den Fingern leicht über die Wunde, die der Pfeil des Banditen ins Fleisch gerissen hatte. Bevor er sie genäht hatte, hatte er sie gründlich mit Kräutern behandelt, aber rings um die Verletzung war die Haut stark gerötet und mit Blut verkrustet, so dass die Blessur nicht zu übersehen war.

»Ich wurde von Banditen überfallen, die die Donnerstöcke stehlen wollten«, entgegnete er. »Kurz hinter dem dritten Siegelpfosten, der auf dem Lagerplatz für Karawanen steht.« Auf die Schnelle erzählte er die Geschichte.

Derek gab einen knurrenden Laut von sich. »Du bist mutig wie ein Felsendämon, wenn du so mit einem Donnerstock herumgefuchtelt hast. Du hattest Glück, dass diese Kerle nicht skrupellos genug waren, um dich zu töten. Ein harter Winter nimmt so manchem braven Mann die Hemmungen.«

Arlen zuckte mit den Schultern. »Auf meiner ersten richtigen Kuriertour wollte ich die Fracht nicht kampflos aufgeben. Das hätte meinem Ruf ziemlich geschadet.«

Derek nickte. »Na ja, auf dem letzten Stück Weg wirst du wohl kaum auf Banditen treffen. Am übernächsten Abend bist du in Brayans Gold.«

»Warum dauert es noch so lange?«, wunderte sich Arlen. »Sind wir hier nicht schon dicht unter dem Gipfel? Ich denke, wenn ich die Peitsche knallen lasse, kann ich schon morgen am späten Nachmittag da sein.«

Derek lachte. »Hier oben wird die Luft reichlich dünn, Kurier. Es reicht schon, wenn du nur den Karrenweg hinaufsteigst, und du ringst nach Atem, als würdest du eine Steilwand hochklettern. Selbst ich bin ein paar Tage lang erschöpft, wenn ich nach Hause komme, und ich wurde hier geboren.«

Mittlerweile hatte sich die Sonne zu einer schmalen, feurigen Linie am Horizont ausgedünnt, und im nächsten Moment verschwand sie ganz und ließ sie in einem

Halbdunkel zurück, das dem Erscheinen der Horclinge voranging. Draußen trotzte der weiß glitzernde Schnee der heraufziehenden Finsternis.

Arlen wandte sich an Derek, den er nur noch als schwarze Silhouette wahrnahm. Der Kopf seiner Pfeife glühte sachte, als er daran sog. »Willst du keine Lampen anzünden?«

Derek schüttelte den Kopf. »Warte einfach ab.«

Arlen zuckte mit den Schultern, richtete den Blick wieder auf das Fenster und sah, wie draußen auf der Straße ein Felsendämon aus dem Boden stieg. Er besaß dieselbe Schieferfarbe wie seine Artgenossen weiter unten am Berg, war aber noch kleiner und hatte lange, spindeldürre Arme und Beine mit zwei Gelenken. Scharfkantige Zacken aus Horn ragten aus seinen Gliedmaßen heraus, und er bewegte sich genauso oft auf allen vieren wie im aufrechten Gang.

»Ich dachte immer, je höher man ins Gebirge kommt, umso größere Felsendämonen träfe man an«, wunderte sich Arlen. »Wie ich auf diesen Gedanken gekommen bin, weiß ich allerdings auch nicht.«

»Das Gegenteil ist der Fall«, klärte Derek ihn auf. »Hier oben gibt es nur wenig, was sie jagen können, und der tiefe Schnee behindert die Großen beim Laufen.«

»Das ist gut zu wissen«, meinte Arlen.

Der Felsendämon erblickte sie und stürmte mit erschreckender Geschwindigkeit auf das Fenster zu. Arlen hatte noch nie einen Felsendämon gesehen, der so schnell rennen oder so weit springen konnte. Mitten in einem

Satz prallte er gegen das Siegelnetz, Magie blitzte auf wie in einem Gewitter und schleuderte den Dämon mit solcher Wucht auf die Straße zurück, dass er beinahe die Felswand hinuntergestürzt wäre. Der Horcling fing sich gerade noch rechtzeitig ab und krallte seine langen Klauen in die steinige Abbruchkante.

Plötzlich erwachten sämtliche Siegel an der Vorderfront der Station zum Leben, eines nach dem anderen flammte auf, als die von dem Felsendämon aufgesogene Magie das Siegelnetz mobilisierte; in einem bizarren Reigen tanzten die Muster der Symbole über die Wände und Stützbalken.

Viele der Siegel erloschen kurz nach dem Aufflackern wieder, aber Arlen konnte spüren, wie von den Hitzesiegeln immer noch eine leichte Wärme ausging, und die im Raum und im magischen Netz eingestreuten Lichtsiegel glühten in einem weichen, nur langsam abklingenden Glanz.

Ein anderer Horcling näherte sich dem Fenster, ein Winddämon, der kreischend vom Himmel herabstieß. Wieder schossen Blitze aus dem Netz, die Hitzesiegel erwärmten sich, und die Lichtsiegel wurden heller. Weitere Horclinge kamen ans Fenster, und nach ein paar Minuten erfüllte ein gleißendes Licht den Raum, das noch ein Dutzend Lampen übertroffen hätte, und selbst ein loderndes Feuer hätte die Luft nicht heißer machen können.

»Fantastisch!« Arlen kam aus dem Staunen nicht heraus. »Eine solche Anordnung von Siegeln habe ich noch nie gesehen.«

»Graf Brayan scheut keine Kosten, wenn es um seine Bequemlichkeit geht«, klärte Derek ihn auf. Plötzlich schlug ein Dämon auf die Siegel direkt vor ihm, und er prallte erschrocken zurück. Dann zog er eine finstere Miene und zeigte dem angriffslustigen Dämon eine obszöne Geste.

»Sie kommen immer an das Fenster«, erzählte Derek. »Manche Dämonen jede Nacht. Ich warte immer noch darauf, dass sie irgendwann einmal aufgeben werden, aber sie lernen es wohl nie.«

»Dein Anblick reizt sie bis zur Weißglut«, meinte Arlen. »Horclinge fressen zwar ihre Beute, aber ich glaube, dass sie sich eigentlich von dem Akt des Tötens ernähren, vor allem, wenn sie einen Menschen erlegt haben. Wenn sie wissen, dass du hier bist, werden sie Nacht für Nacht wiederkommen und die Siegel attackieren, und wenn es hundert Jahre dauern sollte, bis mal eines versagt.«

»Bei der Nacht, das ist ja kein Trost«, seufzte Derek.

»Wir dürfen uns nicht in Sicherheit wiegen, solange die Dunkelheit herrscht«, erwiderte Arlen und blickte zum Fenster zurück. »Gibt es in dieser Höhe eigentlich nur Felsen- und Winddämonen?«

»Und Schneedämonen«, ergänzte Derek. »Sie steigen sogar noch höher, in Regionen, in denen der Schnee nie schmilzt, aber wenn ein Wintersturm tobt, ziehen sie sich in tiefere Zonen zurück.«

»Hast du schon mal einen Schneedämon gesehen?«, fragte Arlen gespannt.

»Selbstverständlich«, trumpfte Derek auf, doch unter Arlens prüfendem Blick ließ seine Überlegenheit ein wenig nach. »Ein einziges Mal«, räumte er ein. »Jedenfalls glaube ich, dass es einer war.«

»Du bist dir nicht sicher?«

»Das Fenster war von den Hitzesiegeln beschlagen«, gab Derek zu.

Arlen zog eine Augenbraue hoch, aber Derek zuckte nur gleichmütig die Achseln. »Ich will dir keine Märchen erzählen. Vielleicht habe ich tatsächlich einen gesehen, vielleicht auch nicht. Ist ja auch egal. Jedenfalls werde ich niemals damit aufhören, die entsprechenden Siegel ständig zu erneuern. Die Jongleure behaupten, beim ersten Mal lag es hauptsächlich an der Nachlässigkeit der Menschen, dass es sie so schwer erwischt hat. Ich würde selbst dann noch die Siegel auffrischen, wenn ich von heute an in meinem ganzen Leben nie wieder einen Horcling zu Gesicht bekäme. Und meinen Kindern und Enkelkindern werde ich ans Herz legen, genauso vorsichtig zu sein.«

»Recht hast du«, stimmte Arlen zu. »Könntest du mir ein paar Schneesiegel beibringen?«

»Ay, da drüben liegen Schiefertafeln und Kreide.« Mit dem Finger deutete Derek in die Richtung. Er klopfte seine Pfeife aus, während Arlen die Sachen holte und sie ihm reichte. Als Derek anfing zu zeichnen, sah er aufmerksam zu.

Zu seiner Überraschung merkte er, dass das Grundmuster des Abwehrsiegels gegen Schneedämonen eine Abänderung des Siegels zum Schutz vor Wasserdämonen war – durch die nach außen strebenden Linien glich es beinahe einer Schneeflocke. Derek fuhr mit dem

Skizzieren fort, und Arlen, ein geschickter Bannzeichner, erkannte schnell, wie die Energie durch das magische Netz fließen würde. Er beschränkte sich nicht aufs
Zuschauen, sondern übertrug Kopien der Siegel in sein
Journal, die er durch Notizen ergänzte.

Arlen kuschelte sich schon wieder in sein Federbett,
als Einarm seine Spur bis zu der Station verfolgt hatte.
Ganz deutlich hörte er das Geheul des Dämons und das
donnernde Krachen, als er auf die Siegel eindrosch. Die
Station war gut geschützt, aber als der riesige Dämon
die Hitze- und Lichtsiegel mit Energie auflud, wurde
es drinnen immer heißer und heller, bis Arlen sich vorkam, als stünde er an einem wolkenlosen Sommertag
im Sumpfland, und die Mittagssonne schiene auf ihn
herab. In Schweiß gebadet lag er da, und der vom Hof
eindringende Dampf überzog alles mit einem klammen
Film. Wenn er nach Hause kam, würde er mindestens
ein paar Tage brauchen, um den Rost von seinem Harnisch abzuschmirgeln.

Als er merkte, dass er ohnehin keinen Schlaf mehr
finden würde, stand er auf und fing an, Dereks Schneesiegel in seine tragbaren Bannzirkel zu ritzen. Mit dieser Arbeit beschäftigte er sich bis zum nächsten Morgen. Derek hatte ebenfalls kein Auge zugekriegt, und
als Arlen weiterziehen wollte, war Morgenröte bereits
vor den Karren gespannt und bereit zum Aufbruch.

Sowie die Sonne über dem Berg aufging, machte sich Arlen auf den Weg.

Wie Derek bereits angekündigt hatte, gestaltete sich das Vorankommen immer schwieriger. Nach der dumpfigen Hitze in der Station empfand er die Kälte anfangs als erfrischend, doch schon bald fror er wieder bis ins Mark, vor allen Dingen, weil seine Unterkleider und der Umhang feucht waren. Schnell überzog Raureif das Bruststück seines Panzers, und egal, wie sehr er sich auch anstrengte, es gelang ihm einfach nicht, tief durchzuatmen. Selbst Morgenröte schnaufte und keuchte. Sie bewegten sich im Kriechtempo vorwärts, und obwohl es bis zum nächsten Siegelpfosten nur wenige Meilen waren, erreichten sie ihn erst spät am Tag. Arlen war viel zu abgekämpft, um zu versuchen, noch ein paar Meilen mehr herauszuschinden.

Der nächste Tag stellte eine noch größere Herausforderung dar. Über Nacht hatten sich Arlens Lungen ein wenig an die dünne Höhenluft gewöhnt, aber der Weg führte weiter steil bergan.

»Da oben muss ja eine Menge Gold zu finden sein«, erzählte Arlen seinem Pferd, »damit sich diese Tour überhaupt lohnt.« Sofort bereute er seine Bemerkung, nicht weil sie falsch war, sondern weil nach den wenigen Worten seine Lungen brannten wie Feuer.

Ihm blieb gar nichts anderes übrig, als den Weg fortzusetzen, also stapfte er verbissen weiter, den Kopf gesenkt und ohne auf den schneidenden Wind und die Schneeverwehungen zu achten, die ihm stellenweise bis zu den Knien reichten. Die Räderspuren hörten auf, und der Pfad war nicht mehr zu erkennen, obwohl man im Grunde keine Wegweiser brauchte. Man konnte nur in eine Richtung gehen, wobei an der einen Seite die schiere Felswand aufragte, während an der anderen die Bergflanke senkrecht in die Tiefe stürzte.

Gegen Nachmittag tat Arlen wegen des Luftmangels jeder Muskel weh, und er schaffte es kaum noch, das Gewicht der Rüstung zu tragen. Am liebsten hätte er sie abgelegt, doch er befürchtete, wenn er erst einmal stehen blieb, um sie auszuziehen, könnte er hinterher vor Schwäche keinen Fuß mehr vor den anderen setzen.

Viele Leute klettern ständig hier rauf, sagte er sich. *Und was andere schaffen, schaffst du auch.*

Am Spätnachmittag, als sowohl Arlen als auch Morgenröte die Grenzen ihrer Belastbarkeit erreicht hatten, kam die kleine Minenstadt in Sicht. Brayans Gold war ein Sammelsurium aus mehr oder weniger behelfsmäßigen Behausungen; einige bestanden aus Holz, andere hatte man mit dem Aushub aus den Minen zusammengestoppelt, und selbst festgestampfte Erde und behauener oder zermahlener Stein dienten als Baumaterial. Die meisten dieser Bauten wirkten eher wie Elendshütten; vor den Türeingängen hingen gegerbte Tierfelle, und aus Zelten hatte man Vorbauten errichtet. Aber im Stadtzentrum gab es einen großen, aus Holz gebauten Gasthof, der das gesamte Plateau beherrschte.

Ein paar Leute waren unterwegs, hauptsächlich Frauen und Kinder, vermutlich schufteten die Männer in den Minen. Arlen befeuchtete mit der Zungenspitze seine trockenen, rissigen Lippen, setzte sein Kurierhorn an den Mund und blies einen langgezogenen, klaren Ton. Das genügte, um seine Kehle schmerzen zu lassen, als hätte er Messer aus Eis verschluckt.

»Kurier!«, brüllte ein Junge. Im nächsten Moment war Arlen von Kindern umringt, die auf und ab hopsten und ihn mit Fragen bestürmten, was er mitgebracht hätte.

Arlen schmunzelte. Als Junge hatte er sich genauso aufgeführt, wenn der Kurier in Tibbets Bach eintraf. Er war auf diesen Empfang vorbereitet und warf den Kindern in Maishülsen eingewickelte Süßigkeiten, kleine Spielsachen und Geduldsspiele zu. Er aalte sich in ihrer Freude wie in einem warmen Bad. Auf einmal kamen ihm die Strapazen, die er auf sich genommen hatte, um sich bis hierher hochzuquälen, gar nicht mehr so schlimm vor, und er spürte, wie seine Kräfte allmählich zurückkehrten.

»Wenn ich groß bin, möchte ich auch Kurier werden«, verkündete ein Junge. Arlen zerstrubbelte seinen Haarschopf und steckte ihm eine Extra-Süßigkeit zu.

»Du kommst einen Tag zu früh«, stellte jemand fest. Arlen drehte sich um und sah einen schmächtigen Mann in einem feinen Wollmantel; die Wildlederstiefel und Handschuhe waren mit weißem Hermelinfell besetzt. Hinter ihm marschierten zwei stämmige Wachmänner, von deren Gürteln kleine Spitzhacken baumelten, die sowohl wie Waffen als auch wie Werkzeuge aussahen. Der Mann näherte sich Arlen mit einem jovialen Lächeln und streckte ihm die Hand entgegen.

»Ich wurde von Banditen überfallen«, erklärte Arlen und schüttelte die Hand. »Danach habe ich mich beeilt und einen Siegelpfosten ausgelassen, um schneller voranzukommen.«

»Schneyder«, stellte der Mann sich vor. »Graf Brayans Vetter und Baron von Brayans Gold. Was ist mit Sandar passiert?«

»Hat sich ein Bein gebrochen«, antwortete Arlen. »Ich bin Arlen Strohballen.«

Schneyder legte seine Hand auf Arlens Schulter und beugte sich dicht an ihn heran. »Ich sage dir dieselben drei Dinge, die ich jedem Kurier ans Herz lege, der diese Tour zum ersten Mal macht. Beim ersten Mal kommt einem der Aufstieg immer am schlimmsten vor, am nächsten Morgen kannst du wieder richtig atmen, und bergab geht es leichter als bergauf.« Er schüttelte sich vor Lachen, als hätte er einen kolossalen Witz von sich gegeben, und klatschte mit der Hand so heftig auf Arlens Rücken, dass der Harnisch klirrte.

»Trotzdem wundert es mich, dass sie einen Neuling ganz allein hierherschicken«, ergänzte Schneyder dann.

»Kurier Curk war bei mir, aber er ist mit eingeklemmtem Schwanz abgehauen, als die Banditen auftauchten«, berichtete Arlen.

Schneyder kniff die Augen zusammen. »Ist die Fracht unversehrt?«

Arlen grinste stolz. »Bis auf den letzten Nagel, der die Kisten zusammenhält, ist alles vorhanden.« Er reichte Schneyder ein mit Wachs versiegeltes Rohr, in das sowohl Graf Brayans Siegel, Spitzhacke und Hammer, als auch Curks und Arlens Zeichen eingestanzt waren.

»Ha!«, bellte der Baron, und seine jähe Anspannung löste sich. Wieder ließ er seine Hand auf Arlens Rücken klatschen. »Das klingt ganz nach einer Geschichte, die drinnen erzählt werden sollte, wo es warm ist!«

Schneyder hob eine Hand, und die beiden Wachmänner übernahmen den Karren. Arlen ging neben dem Baron her, der das Siegel auf dem Rohr zerbrach und das Ladungsverzeichnis herausnahm. Er überflog die Zeilen, in denen jedes einzelne Teil auf dem Karren aufgelistet war, bis hin zum letzten Brief und dem persönlichen Gepäck der Kuriere. Im Rohr befand sich auch ein privates Schreiben des Grafen, aber Arlen wusste nicht, was darin stand. Der Baron stopfte den ungeöffneten Umschlag in seine Jackentasche.

Sie erreichten den Stall, wo junge Burschen Morgenröte ausspannten. Arlen wollte ihnen dabei helfen, aber Schneyder packte ihn beim Arm und hielt ihn zurück.

»Du hast über eine Woche auf der Straße verbracht, Kurier. Jetzt sollen mal die Knechte den Buckel krumm machen.« Er reichte die Liste einem der Stallwächter und marschierte ins Haus.

Wie die Wegstation war auch das Innere des Gasthofs mit Hitzesiegeln versehen und sehr warm. Im vorderen Bereich gab es einen Gemischtwarenladen, der einzige

Ort in der Stadt, an dem man sich mit lebensnotwendigen Dingen für den täglichen Bedarf eindecken konnte. In Regalen hinter dem Verkaufstresen stapelten sich alle möglichen Werkzeuge und Geräte, und auf Schiefertafeln waren mit Kreide die Preise für Lebensmittel, Vieh und besondere Güter geschrieben.

In dem Raum drängten sich Frauen, viele mit Kindern, die sich an ihre Rockzipfel klammerten; sie riefen den hinter dem Tresen arbeitenden Frauen ihre Bestellungen zu und händigten ihnen Geld aus. Die Verkäuferinnen wiederum gaben lautstark anderen stämmigen Wachmännern des Barons Anweisungen, welche Waren sie von den Regalen holen und zu verpacken hatten.

Nach der Stille der Straße kam Arlen der Lärm überwältigend vor, aber der Baron lotste ihn schnell durch das Chaos hindurch in den hinter dem Laden liegenden Schankraum, wo in einer ruhigen Nische ein reich gedeckter Tisch für sie bereitstand. Beflissen eilte der Wirt herbei und servierte ihnen Kaffee.

Arlen blies den Atem über seine dampfende Tasse und nippte an dem Getränk; sofort spürte er, wie die Wärme allmählich in seine Knochen zurückkehrte. Der Baron ließ ihm Zeit, sich zu erholen, bis sich zwei Frauen dem Tisch näherten, eine junge und eine wesentlich ältere. Ihre Kleider waren schlichter als die Roben, die die adligen Damen in Fort Miln bevorzugten, aber durch den exzellenten Zuschnitt und die gute Qualität des Stoffs fielen sie trotzdem auf.

Arlen erhob sich höflich von seinem Platz, während der Baron die Frauen zur Begrüßung küsste und sich dann umdrehte, um die Vorstellung zu übernehmen. »Kurier Arlen Strohballen, ich möchte dich mit meiner Ehegemahlin, Lady Delia Schneyder, und meiner Tochter Stasy bekanntmachen.«

Arlen bemerkte, dass der Titel »Mutter« vor dem Namen der Baronin fehlte, aber kommentarlos verbeugte er sich und küsste die Hände der Damen, so wie Cob es ihm beigebracht hatte.

Die Baronin mochte Ende fünfzig sein und war ziemlich unansehnlich; mit ihrem schmalen, abgehärmten Gesicht und dem langen Hals glich sie einem Kranich. Stasy Schneyder hingegen entsprach voll und ganz Dereks Beschreibung.

Sie war ungefähr in Arlens Alter, mit schwarzen Haaren und blauen Augen, dazu groß und geschmeidig wie eine typische Milneserin. Sie hatte ein hübsches Gesicht, aber Arlen fand, dass der melancholische Ausdruck in ihren Augen sie erst zu einer richtigen Schönheit machte. Ihr Mieder war nicht geschnürt, als ob ihr das Kleid zu eng wäre.

Ich schätze, das Mädchen hatte mittlerweile ihren Monatsfluss, hatte Derek ihm anvertraut, aber Arlen war sich da nicht so sicher. Er zwang sich dazu, den Blick zu heben und ihr in die Augen zu schauen, ehe er dabei ertappt wurde, wie er auf ihren prallen Busen starrte.

Alle setzten sich hin, und der Baron und die Baronin hockten dicht zusammen, als sie das Siegel zerbrachen und Graf Brayans privaten Brief lasen. Sie begannen heftig miteinander zu tuscheln, und ihre Blicke huschten immer wieder zu Stasy hin, doch Arlen gab vor, nichts zu merken. Er wandte sich an das Mädchen und versuchte, sie in ein Gespräch zu verwickeln, aber die Tochter des Barons zeigte ihm die kalte Schulter und beobachtete die lebhafte Diskussion mit traurigen Augen.

Schließlich gab der Baron einen Grunzer von sich und widmete sich wieder Arlen. »Wir schicken bald eine Karawane nach Miln, du kannst also den Karren hierlassen und auf deinem Pferd den Berg hinunterreiten. Außer einer Handvoll Briefe brauchst du auf dem Rückweg nichts mitzunehmen.«

Arlen nickte, und bald wurde eine üppige Mahlzeit serviert. Der Baron und seine Frau stellten ihm eine Frage nach der anderen, erkundigten sich, was es in Miln an Neuigkeiten gäbe, und pflichtgetreu schilderte Arlen alles Wichtige, das in der großen Stadt vor sich ging, gewürzt mit diversen Gerüchten, die er im Gildehaus der Kuriere aufgeschnappt hatte. Anscheinend gierten Adlige, die gezwungenermaßen fernab vom Hof lebten, hauptsächlich nach Klatsch und Tratsch. Stasy beteiligte sich nicht an der Unterhaltung, sondern saß still und mit gesenktem Blick da.

Plötzlich trat ein Wachmann an ihren Tisch, in den Händen eine mit Kreide vollgekritzelte Schiefertafel und das Ladungsverzeichnis. »Ein Donnerstock fehlt.« Er schielte Arlen misstrauisch an.

»Blödsinn!«, widersprach Schneyder. »Zählt nochmal nach.«

»Wir haben bereits zweimal gezählt«, betonte der Mann.

Der Baron runzelte die Stirn, und sein Blick huschte kurz zu Arlen hin. Sein Lächeln wirkte gekünstelt. »Dann zählt ihr sie eben noch ein drittes Mal«, befahl er dem Wachmann.

Arlen räusperte sich. »Nein, er hat Recht. Der fehlende Donnerstock liegt vorn, versteckt unter dem Kutschbock. Ich habe ihn benutzt, um die Banditen einzuschüchtern, damit sie mir den Weg freigaben.« Er versuchte sich einzureden, dass er vergessen hatte, den Donnerstock in die Kiste zurückzulegen, aber tief in seinem Inneren wusste er, dass er ihn mit Absicht unter dem Sitz gelassen und gehofft hatte, dass niemandem auffallen würde, dass die Füllung einer Kiste unvollständig war.

Alle Augen hefteten sich schockiert auf ihn. Sogar Stasy blickte hoch. Arlen berichtete hastig von seiner Begegnung mit den Banditen, ohne jedoch Sandar zu erwähnen.

Trotzdem klappte Baron Schneyder vor Verblüffung die Kinnlade herunter. »Du hast die Kerle verscheucht, indem du mit einem Donnerstock herumgefuchtelt und damit geblufft hast, du würdest ihn zur Explosion bringen?«

Arlen lächelte. »Ich habe nicht gesagt, dass es ein Bluff war.«

Schneyder lachte dröhnend und schüttelte den Kopf. »Ich weiß nicht, ob das das Tapferste oder das Dümmste ist, was ich je gehört habe! Wenn sich das tatsächlich so zugetragen hat, dann hast du mehr Mut als ein Felsendämon.«

»Es heißt nicht umsonst, jeder Mann, der Kurier wird, ist ein ganzer Kerl«, schnurrte die Baronin und maß Arlen mit einem Blick, der ihn erschauern ließ. »Aber woher wussten die Banditen von der Fuhre? Nur Mutter Cera und ich kannten das exakte Datum.«

»Und Sandar«, ergänzte Arlen, »der sich kurz bevor es losgehen sollte angeblich ein Bein brach.«

»Das ist eine schwere Anschuldigung, Kurier«, meinte Schneyder, dessen Stimme einen gefährlichen Unterton annahm. »Hast du einen Beweis dafür?«

Arlen war sich darüber im Klaren, dass von seinen nächsten Worten unter Umständen Sandars Leben abhing. Er zuckte die Achseln. »Ich beschuldige niemanden. Ich sage nur, wenn ich an Eurer Stelle wäre, würde ich mir einen neuen Kurier suchen.«

»Woher sollen wir wissen, ob du nicht nur versuchst, diese Tour an dich zu reißen?«, mischte sich die Baronin ein.

»Ich bin nur ein Lehrling«, stellte Arlen fest. »Die Gilde würde mir diese Route ohnehin nicht anvertrauen.«

»Pah!« Die Baronin winkte verächtlich ab. »Das könnten wir mit einem Federstrich ändern, was du sehr wohl weißt. Wenn du die Wahrheit sagst, stehen wir tief in deiner Schuld.«

Arlen nickte. »Ich weiß Euer Lob zu schätzen, Mylady, aber ehe ich mich mit einer regulären Tour zufriedengebe, möchte ich noch ein bisschen von der Welt sehen.«

Die Baronin schnalzte mit der Zunge. »Alle jungen Kuriere werden von der Abenteuerlust angetrieben, aber eines Tages wirst du nicht mehr so abgeneigt sein, eine beständige Arbeit auf einer vertrauten Route zu übernehmen.«

Nach dem Essen standen der Baron und die Baronin auf. Auch Arlen sprang hastig auf die Füße, und Stasy erhob sich mit matten Bewegungen, in den Augen immer noch dieser leere, abwesende Blick.

»Du wirst uns entschuldigen«, wandte sich Schneyder an ihn, »aber wir müssen noch etwas erledigen. Stasy kümmert sich um deine Unterbringung und sorgt dafür, dass die Burschen dir den Proviant für den Rückweg bereitmachen. Natürlich entstehen dir keine Kosten, betrachte es als Geschenk von Graf Brayan.«

Das Ehepaar entfernte sich in einem Wirbel aus teuren Pelzen, und Stasy deutete einen Knicks an. »Tochter Stasy, dir zu Diensten«, murmelte sie.

»Du sagst das, als würdest du dein eigenes Todesurteil verkünden«, fand Arlen.

Endlich blickte die Tochter des Barons ihm ins Gesicht. »Ich bitte um Entschuldigung, Kurier, aber der Brief des Grafen, den du mitgebracht hast, enthält vielleicht eine Nachricht, die so etwas wie mein Todesurteil bedeuten könnte.« Sie klang wie ein Mensch, dessen Tränen seit langem versiegt sind.

»Meine Beine schmerzen immer noch von dem Anstieg«, erklärte Arlen und deutete auf den Tisch. »Möchtest du noch ein Weilchen mit mir hier sitzen bleiben?«

Stasy nickte und ließ zu, dass Arlen ihr einen Stuhl zurechtrückte. »Wenn es dein Wunsch ist.«

Arlen nahm ihr gegenüber Platz, beugte sich vor und flüsterte: »Es heißt, wenn man einem Kurier ein Geheimnis anvertraut, ist es sicherer aufgehoben als bei einem Fürsorger. Kein Mensch und kein Dämon aus dem Horc kann es ihm entreißen, er wird es nur der Person zutragen, für die es bestimmt ist.«

»Und das behauptet der Mann, der während der ganzen letzten Stunde meine Eltern mit Hofklatsch amüsiert hat?«, spottete Stasy.

Arlen lächelte. »Sobald diese Gerüchte bis in die Große Halle der Kuriergilde vorgedrungen sind, kann man sie getrost als Allgemeingut betrachten und darf sie weiterverbreiten. Aber jetzt verrate ich dir ein echtes Geheimnis.«

Stasy hob eine Augenbraue. »Oh?«

»Derek glaubt immer noch, dass es keine Frau gibt, die Stasy Schneyder das Wasser reichen kann, und er betet, dass du noch nicht geblutet hast«, wisperte Arlen. »Das soll ich dir von ihm ausrichten.«

Stasy schnappte nach Luft und drückte eine Hand gegen ihre Brust. Ihre bleichen Wangen färbten sich glühendrot, und sie sah sich schuldbewusst um, doch niemand hielt sich in ihrer Nähe auf. Jetzt sah sie Arlen direkt in die Augen.

»Es ist doch wohl klar, dass mein Monatsfluss ausgeblieben ist«, erwiderte sie und berührte die losen Schnüre ihres Mieders, die auf ihren Bauch herabbaumelten. »Aber das spielt keine Rolle. Er ist nicht gut genug für mich.«

156

»Sind das deine Worte oder die deines Vaters?«, hakte Arlen nach.

Stasy zuckte die Achseln. »Ist das nicht egal? Als meine Mutter starb, tauschte mein Vater das ›i‹ in seinem Namen gegen ein ›y‹ aus und heiratete Graf Brayans adlige Kusine, aber unter den anderen Aristokraten fühlt er sich immer noch wie ein Händler, denn er verkehrt nur so lange in den noblen Kreisen, wie seine Ehe hält. Für mich erhofft er sich etwas Besseres, und das heißt, dass ich einem echten aristokratischen Ehegemahl Kinder gebären und die Mütterschule besuchen soll.«

Arlen widerstand dem Drang, auf den Boden zu spucken. Sein Vater hatte versucht, eine Ehe für ihn zu arrangieren, als er elf war, und er erinnerte sich noch gut, wie er sich damals gefühlt hatte.

»Wo ich herkomme, gibt es keine Aristokraten«, erklärte er. »Und das ist gut so.«

»Da sagst du etwas Wahres«, pflichtete Stasy ihm bekümmert bei.

»Aber wie will dein Vater eine Ehe mit einem Adligen einfädeln, wenn dein Zustand erst einmal unübersehbar wird?«, erkundigte sich Arlen.

Stasy lachte bitter. »So etwas lässt sich natürlich nicht vertuschen, und deshalb schickt er diese ›Karawane‹ los, die mich in Graf Brayans Hof einschmuggeln soll. Dort muss ich mich dann zwischen den Dienstboten verstecken, bekomme in aller Heimlichkeit mein Kind, und danach wird Gräfin Mutter Cera mich bei Hof vorstellen, als sei ich gerade erst in der Stadt eingetrof-

fen, und eine ›standesgemäße‹ Ehe für mich aushan-
deln. Derek wird nie erfahren, dass er Vater geworden
ist.«

»Ihr müsst aber in der Wegstation haltmachen«, gab
Arlen zu bedenken.

»Und wenn schon«, meinte Stasy. »Ein neuer Stationshüter begleitet uns, der Derek ablösen soll, und
der marschiert hierher zurück, ohne auch nur zu ahnen,
dass ich in der Kutsche eingesperrt war.«

Sie sah verstohlen in die Runde, um sicherzugehen,
dass niemand sie beobachtete, dann griff sie nach Arlens Hand. Er sah Leidenschaft in ihren Augen und den
Hunger nach Abenteuern. »Aber wenn Derek wüsste,
dass ich komme und eine Ausrüstung mitsamt Verpfle-
gung verstecken würde, könnte er, anstatt den Berg
hochzumarschieren, heimlich bergab laufen. Selbst wenn
mein Vater uns im selben Moment, in dem Derek ver-
misst würde, Leute hinterherschickte, hätten wir einen
Vorsprung von einer Woche. Wir hätten reichlich Zeit,
uns zu finden, meinen Schmuck zu versilbern und in
der Stadt unterzutauchen. Wir könnten heiraten, ungeachtet seiner Herkunft, und unser Kind gemeinsam
großziehen.«

Mit glänzenden Augen blickte Stasy ihn an. »Wenn
du ihm das ausrichtest, Kurier, ohne jemand anderem
etwas zu verraten oder einen Eintrag in dein Journal
zu machen, dann zahle ich dir dafür jeden Preis, den du
verlangst.«

Arlen sah sie an, und in diesem Moment kam er sich
vor wie ein älterer Bruder, der seine Schwester beschüt-

zen muss. Er würde ihre Nachricht kostenlos weiterleiten, aber er konnte nicht leugnen, dass es etwas gab, das er gern haben wollte. Und die Tochter des Barons konnte ihm diesen Wunsch vielleicht erfüllen.

»Ich brauche einen Donnerstock«, gab er mit leiser Stimme zurück.

Stasy schnaubte unfein durch die Nase. »Ist das alles? Ich lasse dir ein halbes Dutzend davon zusammen mit deinem Proviant einpacken.«

Arlen stutzte, verblüfft, wie einfach alles gegangen war, und dann strahlte er über das ganze Gesicht.

»Wozu brauchst du diesen Donnerstock?«, wollte Stasy wissen.

»Ich will einen Felsendämon töten, der mich seit langem verfolgt«, antwortete Arlen.

Stasy legte den Kopf schräg und musterte ihn in derselben Weise wie es schon andere Leute vor ihr getan hatten, wenn sie sich nicht sicher waren, ob er sich einen Scherz erlaubte oder ganz einfach verrückt war. Zum Schluss zuckte sie leicht mit den Achseln und begegnete seinem Blick. »Versprich mir nur, dass du vorher meine Nachricht überbringst.«

Arlen nahm sich ein paar Tage Zeit, um sich auszuruhen, während die Goldmänner ihre Botschaften fertigstellten, die er auf dem Rückweg mitnehmen sollte. Er ermüdete immer noch rasch in der dünnen Gebirgsluft, doch mit jedem Tag, der verging, spürte er die unangenehmen Auswirkungen etwas weniger. Seine Mußestunden nutzte er klug, indem er zusah, wie die Minenarbeiter mit den neuen Donnerstöcken umgingen. Jeder wollte sich bei dem neuen Kurier beliebt machen, und deshalb beantwortete man ihm bereitwillig alle seine Fragen.

Nachdem er beobachtet hatte, wie die Donnerstöcke in einer gewaltigen, ohrenbetäubenden Explosion eine massive Felswand binnen Sekunden in Tonnen von Gesteinsschutt verwandelten, wusste er, dass die Zerstörungskraft dieser Dinger nicht übertrieben war. Wenn es etwas auf der Welt gab, das Einarms dicken Panzer durchdringen konnte, dann waren es diese Donnerstöcke.

Schließlich waren sämtliche Vorbereitungen für die Rückreise beendet, und am dritten Tag legte er wieder seinen schweren Harnisch an und machte sich auf den Weg zu den Ställen. Sein Proviant steckte bereits in den Satteltaschen, und in ihnen fand Arlen auch eine kleine Kiste mit in Stroh eingepackten Donnerstöcken, nebst einem versiegelten Umschlag, der an Derek adressiert war.

Wie der Baron bereits angekündigt hatte, gestaltete sich der Abstieg wesentlich unproblematischer als der kräftezehrende Aufstieg. Früh am Tag erreichte er den ersten Siegelpfosten, marschierte jedoch zügig weiter und traf lange vor der Abenddämmerung an der Wegstation ein. Derek kam heraus, um ihn in Empfang zu nehmen.

»Ich bringe dir einen ganz besonderen Brief mit«, erklärte Arlen und gab ihm den Umschlag. Als der Stationshüter ihn sah, leuchteten seine Augen auf, und er reckte den ungeöffneten Umschlag der Sonne entgegen.

»Großer Schöpfer«, betete er, »bitte richte es ein, dass ihr Monatsfluss ausblieb!«

Nervös riss er den Brief auf, doch beim Lesen erlosch sein Lächeln, und langsam wich alle Farbe aus seinem Gesicht, bis es so weiß war wie der Schnee, in dem er stand. Entsetzt starrte er Arlen an.

»Bei der Nacht«, ächzte er. »Sie hat den Verstand verloren, verflucht nochmal! Glaubt sie im Ernst, ich würde mit ihr nach Miln durchbrennen?«

»Warum denn nicht?«, fragte Arlen. »Gerade hast du den Schöpfer doch genau darum gebeten.«

»Sicher, als ich dachte, ich würde dadurch der Schwiegersohn des Barons. Ich konnte ja nicht ahnen, dass sie von mir verlangt, mich über eine Woche lang allein mit den Horclingen herumzuschlagen.«

»Na und? Was ist schon dabei? Überall an der Straße findest du Lagerplätze, und du bist ein geschickter Bannzeichner.«

»Weißt du, was für einen Stationshüter das Schlimmste ist, Kurier?«, fragte Derek.

»Die Einsamkeit?«

Derek schüttelte den Kopf. »Nein, es ist diese eine Nacht, die man im Freien zubringen muss, wenn man sich wieder auf den Heimweg nach Brayans Gold begibt. Bergab kann man die Station in einem Tag erreichen, aber wenn es zurück nach Hause geht, muss man notgedrungen an diesem verdammten Siegelpfosten anhalten.« Er schüttelte sich. »Dann sieht man, wie die

Horclinge um einen herumschleichen, und ist nur geschützt durch einen unsichtbaren Wall aus Magie. Ich weiß nicht, wie ihr Kuriere das aushaltet. Jedes Mal, wenn ich nach Hause komme, ist meine Hose voll mit gefrorener Pisse. Und dabei bin ich den Weg noch kein einziges Mal allein gegangen. Jedes Mal, wenn ich abgelöst wurde, haben mein Dad und meine Brüder mich begleitet, damit wir vier abwechselnd Wache halten konnten.«

»Viele Leute unternehmen ständig diese Tour«, wandte Arlen ein.

»Und jedes Jahr werden mindestens ein halbes Dutzend unterwegs von Horclingen getötet«, erwiderte Derek. »Manchmal sogar noch mehr.«

»Vielleicht waren sie zu sorglos«, mutmaßte Arlen.

»Oder sie hatten ganz einfach nur Pech«, entgegnete Derek. »Kein Mädchen ist dieses Risiko wert. Ich mag Stasy sehr gern, und wenn man sie allein erwischt, entwickelt sie richtig Temperament, aber sie ist nicht das einzige Mädchen in Brayans Gold.«

Arlen runzelte die Stirn. Dereks phlegmatische Sturheit, die Art, wie er eine Entschuldigung nach der anderen für seine Feigheit vorbrachte, erinnerte ihn an seinen Vater. Jeph Strohballen hatte weder auf seine Frau noch auf sein Kind Rücksicht genommen, als die schiere Not es geboten hätte, eine Nacht lang auf die schützenden vier Wände zu verzichten, und dieser Kleinmut hatte Arlens Mutter das Leben gekostet.

»Wenn du ohne Stasy und dein Kind nach Brayans Gold zurückgehst, bist du kein Mann, sondern ein

Schlappschwanz«, erwiderte er verächtlich und spuckte aus.

Derek knurrte und ballte eine Faust. »Was geht dich das überhaupt an, Kurier? Wieso kümmert es dich, ob ich mit der Tochter des Barons durchbrenne oder nicht?«

»Du widerst mich an, und ich finde, dass das Mädchen und das ungeborene Kind, das sie in ihrem Schoß trägt, etwas Besseres verdient haben als einen verdammten Feigling«, zischte Arlen, und dann spürte er einen Blitz hinter den Augen, weil Derek ihm einen Boxhieb verpasst hatte. Der Schlag warf ihn herum, doch er nutzte den Schwung aus, machte eine volle Drehung und rammte dem Stationshüter seinen mit Stahlplatten gepanzerten Ellenbogen mit voller Wucht in die Nieren. Derek heulte auf und krümmte sich, doch Arlens nächster Schwinger landete mitten in seinem Gesicht; er fiel der Länge nach in den Schnee und streckte alle viere von sich. Alte, böse Erinnerungen brodelten wieder an die Oberfläche, und Arlen musste sich beherrschen, um nicht noch weiter auf Derek einzuprügeln.

Er ging zu seinem Pferd zurück. »Ich bleibe nicht hier«, verkündete er, als Derek sich mühsam auf einen Ellenbogen hochstemmte und den Kopf schüttelte, um ihn zu klären. »Lieber verbringe ich eine Nacht allein mit den Horclingen, als hinter einer geschützten Mauer in Gesellschaft eines Mannes, der sein eigenes Kind im Stich lässt.«

Der Pfad zog sich über einen Höhenrücken und fiel dann steil ab, so dass Brayans Gold und die Wegstation auf der anderen Seite des Berges zurückblieben. In der Kälte pochte die Prellung in Arlens Wange, ein dumpfer Schmerz machte ihm schwer zu schaffen, und je länger er marschierte, umso finsterer wurde seine Stimmung. Es passierte ihm nicht zum ersten Mal, dass er den Charakter eines Mannes falsch eingeschätzt hatte und sich verraten fühlte, und sicher würde es auch nicht das letzte Mal sein, doch der Grund für die Schwäche dieser Leute war immer derselbe. Angst. Angst vor den Horclingen. Angst vor der Nacht. Angst vor dem Tod.

Angst ist etwas Gutes, pflegte sein Vater zu sagen. *Sie hilft uns, zu überleben.*

Aber sein Vater hatte sich geirrt, wie so oft. Jeph Strohballen hatte sich so mit seiner Angst abgefunden, sie dermaßen verinnerlicht, dass er sie mit Weisheit verwechselte. Indem er sich von seiner Angst beherrschen ließ, verlängerte er vielleicht seine Lebensspanne, aber Arlen bezweifelte, dass sein Vater unter dem erdrückenden Joch der Furcht jemals wirklich gelebt hatte.

Ich habe vor den Horclingen Respekt, sagte sich Arlen, *aber ich werde nie aufhören, sie zu bekämpfen.*

Eine Stunde vor Sonnenuntergang hielt er an und schlug ein Lager auf. Er breitete die Bannzirkel aus und fesselte die Vorderbeine seines Pferdes, wobei er dafür sorgte, dass das Tier mit Decken gut vor der Kälte geschützt war. Dann warf er einen Blick auf die Kiste mit den Donnerstöcken und entschied, dass er nicht länger warten konnte. Vor kurzem hatte er einen schmalen

Pass überquert, der ihm für sein Vorhaben ideal geeignet erschien. Er nahm zwei Speere, zwei Donnerstöcke und seinen Schild, und kletterte wieder bergauf. Bald gelangte er an den Pass, der von einem Felsvorsprung überragt wurde und ziemliche Ähnlichkeit mit der Stelle hatte, die Sandar ausgesucht hatte, um ihm und Curk eine Falle zu stellen.

Er stapfte noch ein Stück weiter den Pfad hinauf und verteilte entlang der verschneiten Strecke, auf der Einarm bald herunterkommen würde, kleine, lackierte Tafeln mit eingeritzten Lichtsiegeln. Dann kehrte er zu dem Pfad zurück, erklomm die Felsnase, und während er darauf wartete, dass sich die Dämmerung herabsenkte, beobachtete er gespannt die Umgebung.

Schon bald herrschte Zwielicht, und der Gestank der Dämonen stieg zusammen mit ihren widerwärtigen, nebelhaften Umrissen aus dem Boden auf, um die Welt während der Dauer der Nacht zu verpesten. Hier gab es nur wenige Horclinge, doch keine drei Fuß von Arlen entfernt erschien ein Felsendämon auf dem Vorsprung, ein gedrungenes Biest mit einem Panzer, der dieselbe Farbe hatte wie der Stein.

Arlen wusste, dass der Dämon ihn erst bemerken würde, wenn der Nebel, aus dem er entstand, eine stoffliche Gestalt angenommen hatte, aber er lief weder davon noch bereitete er einen Bannkreis vor. Stattdessen duckte er sich und lauerte darauf, dass sich der Dämon verfestigte. Sobald sich der Nebel zu einer festen Form verdichtet hatte, stürmte er mit vorgerecktem Schild darauf zu. Der Rand des Schilds war mit einem kompletten Ring aus den wichtigsten Schutzsiegeln versehen, und Magie flammte auf, als Arlen den Horcling erreichte, ihn mit dem Schild rammte und ihn von der Felsnase die senkrecht abfallende Bergflanke hinunterstieß.

Arlen grinste breit, als das Gebrüll des Dämons verhallte und in ein fernes Poltern überging. Mit einem lauten Knall brach tief unten ein Schneebrett ab und begrub den Horcling unter sich. Er bezweifelte, dass ein Sturz einen Felsendämon ernsthaft verletzen konnte, trotzdem weidete er sich an dessen Wut.

Es war eine klare Nacht, und die Dämmerung wich dem Mond und den Sternen, deren Licht sich in den Schneekristallen brach und die Gegend in einen funkelnden Schimmer tauchte. Und dennoch hörte er die leisen, donnernden Geräusche, die Einarms Ankunft ankündigten, lange bevor er den riesigen Felsendämon zu Gesicht bekam.

Er wartete, in seiner Schildhand ein Streichholz, in der anderen den Donnerstock. Seine Speere steckten, griffbereit, mit den Spitzen nach unten im Schnee. Als die Tafeln mit den Siegeln, die er am Wegrand verteilt hatte, aufflackerten und den Pass mit Licht füllten, zündete Arlen das Streichholz an. Er hielt die Lunte des Donnerstocks in die Flamme, und knisternd fing der Zwirnsfaden an zu brennen. Hastig riss er den Arm hoch, schleuderte den Donnerstock, hob den Schild an und linste über den Rand hinweg.

Einarm blieb stehen, beäugte neugierig das auf ihn zufliegende Geschoss, doch dann warf er seinen unversehrten Arm in die Höhe, schneller, als Arlen es für möglich gehalten hätte, und schmetterte den Donnerstock in der Luft zur Seite. Der Donnerstock segelte außer Sichtweite, ehe er mit einer Wucht explodierte, die die ganze Bergflanke erschütterte. Die Schockwelle warf Arlen um, so dass er auf einem Knie landete, und in seinen Ohren dröhnte ein klingelndes Geräusch. In der Ferne rollte der Knall als Echo aus. Einarm wurde kurz abgelenkt, wirkte aber keineswegs beeindruckt.

»Verfluchte Ausgeburt des Horc«, murmelte Arlen, als der gigantische Felsendämon seine Aufmerksamkeit wieder auf ihn richtete. Er war froh, dass er einen zweiten Donnerstock mitgebracht hatte.

Er fischte ihn heraus und tastete nach einem Streichholz, als Einarm zum Angriff überging. Es gelang ihm, die Lunte anzuzünden und den nächsten Donnerstock zu werfen, aber wieder reagierte Einarm schnell und blieb stehen; dieses Mal fing er den Donnerstock jedoch auf und führte ihn nah an sein Gesicht heran, um ihn in Augenschein zu nehmen.

Arlen kauerte hinter seinem Schild, als der Donnerstock direkt vor Einarms Gesicht explodierte. Begleitet von einem mächtigen Krachen schoss eine Stichflamme hoch und erhellte die Nacht; die Schockwelle aus Hitze und Energie brauste über Arlen hinweg und hätte ihn beinahe von dem Felsvorsprung gerissen. Er fiel hin und klammerte sich verzweifelt an das Gestein, um nicht abzurutschen und in die Tiefe zu stürzen.

Einen Moment später fing er laut an zu lachen und blickte hoch, in der Erwartung, dass die Explosion dem

Horcling den halben Kopf weggesprengt hätte; doch Einarm stand völlig unverletzt da.

»Nein!«, schrie Arlen, als der Dämon sich brüllend auf ihn stürzte. »Nein! Nein! Nein!«

Er sprang auf die Füße, schnappte sich einen Speer, nahm Anlauf und schleuderte ihn mit aller Kraft, die er aufbieten konnte. Die Waffe traf den Horcling mitten vor die Brust und zerbrach bei dem Aufprall in Splitter, ohne dem Dämon etwas anhaben zu können.

»Was muss man tun, um dich zu töten?«, kreischte Arlen, aber das interessierte den Dämon nicht weiter. In dem Bewusstsein, dass er den Kampf verloren hatte, warf Arlen fluchend seinen Schild auf den Boden und stellte sich mitten in den kleinen Kreis aus Schutzsiegeln.

Doch unter den Schritten des Dämons bebte der Boden, ein Lärm wie ein beständiges Donnergrollen ließ die Luft erzittern, und Arlens Knie knickten ein. Taumelnd schlitterte er von dem gewölbten Schild herunter, und ihm war klar, dass er sich nicht die ganze Nacht lang auf dessen Schutz verlassen konnte.

Eilig hob er den Schild wieder auf und griff mit der freien Hand nach dem zweiten Speer. Sein Harnisch konnte ihn vielleicht retten, bis er es zu dem Bannzirkel zurückschaffte, in dem Morgenröte stand, aber wenn er nachts in tiefem Schnee den Weg hinunterrannte, stand ihm eine Tortur bevor, und obendrein behinderte ihn noch der siebzig Pfund schwere Stahlpanzer, den er trug. Einarms Geheul schmerzte in seinen Ohren, und es kam ihm vor, als würde der ganze Berg beben.

Der Dämon erreichte den Felsvorsprung und sprang mit einem gewaltigen Satz in die Höhe, um sich an der Kante festzuhalten. Die langen Krallen seiner Pranke gruben sich in den Stein, als er sich hochhievte. Arlen stach mit dem Speer auf die Tatze ein, ohne jedoch etwas zu bewirken, während das Gebrüll immer lauter wurde, bis er glaubte, seine Trommelfelle müssten platzen. Plötzlich merkte er, dass nicht Einarm diesen infernalischen Lärm verursachte. Erschrocken blickte er hoch und sah nichts außer einer weißen Woge, die auf ihn zurauschte wie Wasser.

Ohne nachzudenken hechtete Arlen an der anderen Seite von der Felsnase herunter; schlitternd und sich überschlagend landete er auf dem Pfad. Er achtete nicht auf die stechenden Schmerzen von dem Sturz, sondern presste sich geistesgegenwärtig mit dem Rücken gegen die Felswand und hob seinen Schild.

Die Lawine, die sich durch die Explosion gelöst hatte, traf Einarm und riss ihn in den Abgrund, in den Arlen bereits seinen kleineren Vetter gestoßen hatte. Er sah gerade noch, wie der Dämon in der Tiefe verschwand, ehe er selbst von den Schneemassen begraben wurde.

Der Schnee übte einen ungeheuren Druck aus, und Arlens Arm, der den Schild hielt, drohte einzuknicken, aber es gelang ihm, sich eine schützende Höhle zu schaffen; als das Donnergrollen abebbte, schaffte er es, sich schnell wieder aus dem Schnee zu befreien, während der größte Teil der Lawine noch die Bergflanke hinuntertoste.

Er trat an den Rand des Steilhangs und spähte nach unten, aber in der Dunkelheit war von Einarm keine Spur zu entdecken, und er hörte auch kein Gebrüll. Wieder lachte Arlen triumphierend und schwenkte die erhobene Faust. Sicher, er hatte den Dämon nicht töten können, aber er hatte gegen ihn gekämpft und überlebt, so dass er diese Geschichte weitererzählen konnte. Wenn er Glück hatte, dauerte es Tage, bis Einarm ihn erneut aufspürte.

Neben ihm ertönte ein leises Knurren, und das Grinsen erstarb auf seinem Gesicht. Die Lawine musste einen Dämon aus den höheren Bergregionen heruntergeschleudert haben. Er packte den Speer fester und drehte sich mit erhobenem Schild langsam um.

Der Mond und die Sterne verbreiteten eine sanfte Helligkeit, die vom Schnee reflektiert wurde und den Berg mit einem grauen Licht übergoss. Zuerst sah Arlen ihn nicht, doch als der Horcling näher rückte, zogen die Siegel auf seiner Rüstung und dem Schild dessen Magie an und begannen matt zu glühen. In dem magischen Licht rührte sich etwas, und endlich bekam Arlen ihn zu Gesicht, einen Dämon, dessen weiße Schuppen glitzerten wie Schneeflocken. Er glich im Wesentlichen einem Flammendämon, war nicht kräftiger als ein mittelgroßer Hund und bewegte sich in geduckter Kauerhaltung auf allen vieren; die Schnauze war schmal und langgezogen, und aus dem Kopf sprossen Hörner, die sich in einem flachen Bogen über spitze

Ohren und einen langen, sehnigen Hals nach hinten wölbten.

Impulsiv spuckte Arlen den Dämon an, und zu seiner Verblüffung erkannte er, dass die Gerüchte stimmten. Sowie sein Speichel auf die schneeweißen Schuppen traf, gefror er und platzte mit einem leisen Knall.

Der Schneedämon zog die Augen zu schmalen Schlitzen zusammen, und die Schnauze spaltete sich, als wolle er lächeln. Aus seiner Kehle entlud sich ein schauriges Geräusch, und sein Speichel sprühte Arlen entgegen.

Arlen gelang es, den Schild so rechtzeitig hochzustemmen, dass er die Fontäne abfing. Sofort bildete sich Raureif auf der Oberfläche, und Arlens Schildarm wurde taub von der Kälte.

Der Dämon sprang ihn an, und sein Schild, spröde durch den Frostspeichel, zersplitterte bei dem Aufprall. Arlen wurde nach hinten geworfen und landete rücklings im Schnee, konnte jedoch ein Knie anwinkeln und den Dämon mit einem gezielten Tritt abwehren. Der Horcling rutschte über die Abbruchkante des Felsens, klammerte sich aber mit den Krallen seiner Vorderpfoten fest und versuchte, sich mit den hinteren Tatzen im Gestein Halt zu verschaffen. Es konnte nicht mehr lange dauern, bis er sich über den Rand der Klippe nach oben schwang und zu einer neuen Attacke ansetzte.

Arlen schüttelte die Überreste des Schildes von seinem Arm und stürmte mit vorgerecktem Speer auf den Dämon zu. Er wollte ihn wie Einarm in den Abgrund befördern, doch der Horcling fing sich sogar noch schneller als erwartet. Er kletterte auf den Felsbrocken zurück und setzte zum Sprung an.

Arlen hielt den Speer waagerecht, um den Horcling abzuwehren, doch der Schneedämon packte den Schaft mit seinen Zähnen und biss den mächtigen Holzstock durch, als sei er ein Selleriestängel. Notgedrungen ging Arlen dazu über, die beiden Hälften wie Keulen zu schwingen, knallte sie dem Dämon um die Ohren und fegte ihn zur Seite.

Bevor der Horcling sich aufrappeln konnte, machte Arlen kehrt und rannte los. Es war ein großer Unterschied, ob man einen Dämon angriff, der sich nur mit seinen Klauen an einen Steilfelsen krallte, oder ob man den offenen Kampf mit einer Bestie suchte, die imstande war, ihre volle Kraft und Geschicklichkeit einzusetzen. Auf seinem Harnisch fehlten die Schneesiegel, und gegen den heimtückischen Frostspeichel gab es überhaupt keinen Schutz.

Die Siegel auf seiner Rüstung glühten weiterhin in einem sanften Schimmer und halfen ihm, den Weg zu finden; gleichzeitig dienten sie dem Schneedämon und sämtlichen anderen Horclingen, die in der Gegend herumstrolchen mochten, als Lichtsignal. Er pflügte sich durch den Schnee und nutzte das abschüssige Gelände, um in halsbrecherischem Tempo zu fliehen.

Aber am Ende war doch alles vergebens. Seine Beine sanken tief in den lockeren Schnee ein, während der Schneedämon über die Oberfläche flitzte wie ein Käfer über Wasser. Er spürte einen schweren Schlag im Rücken, der ihm den Atem aus den Lungen trieb und ihn zu Boden warf.

Beim Aufprall wälzte Arlen sich zur Seite und schleuderte den Dämon von sich weg, ehe der eine Lücke in seinem Harnisch finden konnte, doch kaum hatte er sich auf den Rücken gedreht, da fiel die Bestie schon wieder über ihn her. Er riss den gepanzerten Unterarm hoch, um den Horcling abzuwehren, aber der Dämon verbiss sich in die dicke Stahlplatte und drückte die Kiefer beharrlich zu.

Quietschend verbog sich das Metall, und obwohl sein Arm immer noch taub war von dem Frostspeichel, heulte Arlen vor Schmerz auf. Die Krallen des Dämons zerrten an ihm, durchdrangen mit Leichtigkeit die stählernen Kettenglieder an den Gelenken und zerschnitten die größeren Platten wie die Scheren eines Schmieds.

Arlen spürte, wie sich die kalten Klauen in sein Fleisch bohrten. Es war ein Gefühl, als würde er mit Eiszapfen erdolcht, und seine Schmerzensschreie gellten durch die Nacht. Der Dämon warf den Kopf hin und her, die Zähne immer noch in die Rüstung geschlagen, und drohte ihm den Arm abzureißen. Blut quoll aus den Wunden und spritzte über sein Gesicht.

Doch in diesem Moment, als Arlen fest davon überzeugt war, sterben zu müssen, fiel sein Blick auf den ungeschützten Bauch des Dämons, der glatt war wie frisch gefallener Schnee, und er erkannte seine Chance. Er tauchte die Finger seiner freien Hand in sein eigenes Blut, streckte den Arm aus und zeichnete mit groben Strichen ein Hitzesiegel auf den Bauch des Horclings.

Sofort flammte das Siegel auf, greller und kräftiger als jedes Hitzesiegel, das er in der Station gesehen hatte. Diese Siegel wurden lediglich von der zurückprallenden Energie aufgeladen, sein blutiges Siegel hingegen zapfte direkt die dunkle Magie des Horclings an. Arlen merkte, wie sein Gesicht von der ausstrahlenden Hitze brannte.

Der Dämon kreischte und ließ von ihm ab, und Arlen stieß ihn zur Seite. Als er auf dem Rücken landete, sah Arlen, dass sein Blutsiegel die weißen Schuppen geschwärzt hatte; plötzlich schoss eine Flamme daraus hervor, die den Dämon verbrannte, als hätte man ihn der prallen Sonne ausgesetzt. Keuchend hockte Arlen im Schnee, blutend und verletzt, aber er lebte und sah zu, wie der wild zuckende Dämon im Feuer verendete.

So schnell er konnte, stapfte er zum Lagerplatz zurück und stieß einen tiefen Seufzer der Erleichterung aus, als er sich endlich wieder in der Sicherheit seiner Bannzirkel befand. Er brauchte ein Stemmeisen, um einige Teile seiner Rüstung abzuschälen, aber ihm blieb gar keine andere Wahl, da das verbogene Metall ihm an manchen Stellen das Blut abschnürte und an anderen schmerzhaft in seine Haut schnitt. Er zündete das Brennholz an, das er in weiser Voraussicht bereits aufgeschichtet hatte. Den Rest der Nacht verbrachte er zusammengekauert vor dem Feuer und bemühte sich, das taube Gefühl in seinem Arm zu vertreiben, während er seine Wunden nähte.

Langsam kehrten die Empfindungen zurück, doch danach wurde er fast verrückt vor Schmerzen, die sich anfühlten, als hätte er schwerste Verbrennungen erlitten. Aber trotz allem lag ein Dauerlächeln auf seinem Gesicht. Den Horcling, dem er den Garaus machen wollte, hatte er nicht erwischt, dafür hatte er einen anderen getötet, und er kannte niemanden, dem eine solche Tat bisher gelungen war. Arlen begrüßte seine Schmerzen, denn sie bedeuteten, dass er noch am Leben war, obwohl es an ein Wunder grenzte.

Am nächsten Morgen führte Arlen Morgenröte den steilen Weg hinunter; er wollte zu Fuß gehen, um seinen Blutkreislauf anzuregen. Es war schon spät, als er hinter sich einen Ruf hörte.

»Kurier!«

Arlen drehte sich um und sah Derek, der rannte, was das Zeug hielt, um ihn einzuholen. Er blieb stehen, und bald erreichte ihn der Stationshüter, der stolpernd zu ihm aufschloss. Arlen packte ihn mit seinem unverletzten Arm und sorgte dafür, dass er sich an Morgenrötes Sattel festhielt. Dereks Gesicht war hochrot, er rang schwer nach Luft, und das Auge, an dem Arlen ihn erwischt hatte, war blau und zugeschwollen.

»Nanu, du bist aber sehr weit weg von der Station«, meinte Arlen, nachdem der Mann halbwegs wieder zu Atem gekommen war.

»Auf dem ganzen Berg konnte man die Explosion der Donnerstöcke und den Abgang der Lawine hören«, japste Derek. »Da habe ich mir meine Skier geschnappt und bin los, um nach dir zu suchen.«

»Warum?«, wollte Arlen wissen.

Derek zuckte die Achseln. »Ich dachte, entweder du bist tot, dann sollte ich versuchen, deine Leiche heim zu deiner Mutter zu schicken, oder du hast überlebt und brauchst vielleicht Hilfe. Ich mag dich nicht besonders, Kurier, aber eine anständige Behandlung verdient jeder.«

»Den Ort, an dem die Lawine abging, müsstest du vor rund sechs Stunden erreicht haben«, vermutete Arlen. »Dort musst du meine Spuren gesehen und daraus geschlossen haben, dass mir nichts passiert ist. Warum bist du nicht umgekehrt?«

Derek blickte verlegen auf seine Füße. »Ich wusste, dass du Recht hast, als du mir gestern vorgeworfen hast, ich würde mich nicht um die Meinen kümmern. Wahrscheinlich hat mich das so wütend gemacht. Und als ich dann die Überreste des Dämons sah, den du getötet hast, war das für mich wie ein Tritt in den Arsch. Ich weiß selbst nicht, was plötzlich über mich kam, aber ich rannte einfach nur weiter, solange ich noch die Nerven dazu hatte. Ich schätze, die Leute in der Karawane werden glauben, ich sei tot, aber sie müssen trotzdem Stasy aus Brayans Gold herausschaffen, ehe ihr Bauch anschwillt. Ich gehe nach Miln und warte dort auf sie.«

Arlen lächelte und klopfte ihm auf die Schulter.

Cob schimpfte hingebungsvoll einen seiner Lehrlinge aus, als Arlen die Werkstatt betrat. Arlens Meister war immer zänkisch, wenn er sich Sorgen machte. Er blickte hoch, als die Türglocke bimmelte, und sah Arlen mit Derek im Schlepptau. Seine gereizte Miene hellte sich auf, und der Lehrling war gewitzt genug, die Ablenkung zu nutzen und in den hinteren Raum zu verduften.

»Da bist du ja wieder«, knurrte Cob, steuerte auf seine Werkbank zu und setzte sich, ohne sich auch nur die Zeit für einen Händedruck zu nehmen.

Arlen nickte. »Das ist Derek von Brayans Gold. Er ist ein geübter Bannzeichner und auf der Suche nach Arbeit.«

»Du bist eingestellt«, verkündete Cob und griff nach einem Stichel. Mit seinem ledrigen Kinn deutete er auf Arlens linken Arm, der ungepanzert in einer Schlinge hing. »Was ist passiert?«

»Jetzt kennst du jemanden, der eine direkte Begegnung mit einem Schneedämon hatte«, erklärte Arlen.

Cob schüttelte den Kopf und lachte schallend, während er sich schon wieder über seine Arbeit beugte.

»Das hätte ich mir denken können. Wenn sie überhaupt existieren, dann bist du der Erste, der einen trifft«, brummte er in seinen Bart.

Gestrichene Szenen

Aus dem Roman *Das Lied der Dunkelheit* wurden ziemlich viele Szenen herausgestrichen. Einige mussten weggelassen werden, weil der Roman sonst zu umfangreich geworden wäre (für ein Erstlingswerk war das Buch sehr lang), um den Erzählfluss beizubehalten oder um auf Nebenhandlungen zu verzichten, die den Spannungsbogen nur unnötig unterbrochen hätten.

Doch viele dieser gestrichenen Szenen sind originelle kleine Geschichten, und ich bin froh, dass man mir die Gelegenheit gibt, sie in dieser herrlichen Sammlung zusammen mit meinen Kommentaren zu veröffentlichen. Das Beste an der vorliegenden Auswahl ist aber, dass diese Erzählungen in sich geschlossene Handlungen sind, und deshalb können sich sowohl neue Leser als auch treue Anhänger der Serie an ihnen erfreuen.

Prolog

Einführung

Mit dieser Szene fing alles überhaupt erst an. 1999 besuchte ich einen Kursus, in dem es um das Schreiben von Fantasy-Literatur ging, und unsere Hausaufgabe lautete: »Schreiben Sie die erste Szene eines neuen Fantasy-Romans«. Also verfasste ich eine kleine Geschichte über einen Jungen namens Arlen, der sich immer nur so weit von zu Hause entfernen durfte, dass er noch vor Einbruch der Dunkelheit wieder zurückkehren konnte. Das hieß, wenn er frühmorgens aufbrach, musste er spätestens um die Mittagsstunde umkehren. Doch diese Einschränkung hatte einen ganz bestimmten Grund – nachts, bei Einbruch der Dunkelheit, kamen die Dämonen.

Um ehrlich zu sein, bastelte ich die Geschichte an einem einzigen Abend zusammen, schüttelte sie buchstäblich aus dem Ärmel, und nachdem ich meine Note bekommen hatte (ein *sehr gut* natürlich!), warf ich sie

181

in eine Schublade und ließ sie dort jahrelang liegen. Damals arbeitete ich an einem anderen Buch, doch Arlen vergaß ich nie ganz, und immer wieder mal notierte ich mir ein paar Ideen, die seine Welt betrafen. Die gesamte Serie über den Tätowierten Mann erwuchs aus dieser knapp zweitausend Wörter umfassenden Geschichte.

Der Grund für die Streichung

Dieser Auftakt bildete den größten Streitpunkt zwischen mir und meiner Redakteurin. Sie vertrat hartnäckig die Ansicht, ein Prolog sei altmodisch, dieser hier sei obendrein in einem anderen Stil geschrieben als der Rest des Buches und passte nicht in das Konzept. Außerdem fand sie, er trüge nichts zur Handlung bei, das nicht an anderer Stelle eingefügt werden könnte. Ich war da ganz anderer Meinung, denn ich glaubte, der Prolog würde in idealer Weise ein Bild der Stimmung und des Schauplatzes vermitteln und gäbe einen wichtigen Einblick in die Persönlichkeit des jungen Arlen.

Über dieses Thema entspannen sich ein paar hitzige Debatten. Ich respektiere meine Redakteurin sehr und bemühte mich nach Kräften, ihren Standpunkt zu verstehen. Es dauerte eine Weile, bis ich meine persönliche Vorliebe für diese Szene so weit ablegen konnte, dass ich zu einer objektiven Einschätzung imstande war. Als es mir schließlich gelang, sah ich ein, dass meine Redakteurin Recht hatte, und ich strich die Szene. Mir scheint, dass das Buch als Gesamtwerk durch diese Kürzung gewinnt, obwohl mir diese Szene einfach ans Herz gewachsen ist. Es macht mich wirklich glücklich, sie endlich gedruckt zu sehen.

Die Szene

Als Arlen noch ein Junge war, spielte er immer bis kurz vor Einbruch der Abenddämmerung draußen, ehe er auf die Rufe seiner Mutter hörte und ins Haus lief. Für ihn gab es nichts Schlimmeres, als jede Nacht drinnen eingesperrt zu sein, und er war fest entschlossen, keine Minute Tageslicht zu verschenken.

Wenn er frühmorgens aufstand, war es noch dunkel, und vor dem ersten Hahnenschrei trat er über die Schwelle des Bauernhofs, in dem er und seine Eltern wohnten; gerade als die ersten Sonnenstrahlen die Hügelkuppen berührten, den sich rötenden Horizont erhellten und die Schatten für einen weiteren Tag verscheuchten. Seine Mutter verlangte von ihm, dass er danach bis hundert zählte, ehe er sich aus dem Haus wagte, aber er wollte einfach nicht gehorchen.

Unter freiem Himmel lockte das Abenteuer, aber Arlen wusste, dass seine Pflichten vorgingen. Es waren stets dieselben. Er schnappte sich den mit Stoff ausgekleideten Weidenkorb, der an seinem üblichen Platz direkt neben der Tür stand, rannte zum Hühnerstall und sammelte ungeachtet des empörten Gegackers der Hennen die Eier ein, wobei er so geschickt mit ihnen umging, als handele es sich um die bunten Bälle eines Jongleurs.

Danach flitzte er ins Haus zurück, stellte den Korb mit den Eiern dort ab, wo seine Mutter ihn finden musste, und war im nächsten Moment wieder draußen. Noch bevor sein Vater seine Latzhose überstreifen und seine Mutter ihr Nachthemd gegen ein Tageskleid austauschen konnte, hockte Arlen schon auf einem Schemel unter der ersten Kuh, die es zu melken galt. Die vollen Milcheimer ließ er einfach stehen und stürzte sich auf seine übrigen Pflichten, während sein Vater in aller Ruhe frühstückte. Das Brunnenhaus, der Vorratsschuppen für das Rauchfleisch, das Räucherhaus und das Silo wurden hastig inspiziert, als sei er ein Windstoß, der durch das Anwesen fegte.

Dieses allmorgendliche Ritual hatte etwas Tröstliches an sich. Es stärkte seine innere Verbundenheit mit dem Land, eine Bindung, die jede Nacht gekappt wurde, wenn seine Mutter die Türen verbarrikadierte und sein Vater die Schutzsiegel an den Fenstern prüfte.

Er ließ die Tiere aus der Scheune, und mit leichten Rutenschlägen trieb er die Schweine in ihren Tagespferch und die Schafe auf die Weide. Die Schweine und das Pferd versorgte er mit Futter, um die Schafe brauchte er sich kaum zu kümmern. Selbst ohne die Hütehunde würden sie nicht hinter die durch Siegelpfosten abgesteckte Linie wandern, denn die Grasnabe dahinter war verbrannt und zerstört.

Doch es gab noch andere Aufgaben, denen er sich zwar nicht so häufig stellen musste, die ihm aber auch keinen Trost spenden konnten. Hin und wieder kam es vor, dass sich in der Abenddämmerung irgendein Tier nicht an dem Ort befand, an dem es hätte sein müssen, und dann war es verloren. Am nächsten Morgen fand er dann den in Stücke gerissenen Kadaver, den er hinter dem Abort vergrub.

All diese Arbeiten hatte Arlen schon tausendmal erledigt, und er ging so fleißig und geschickt vor, dass er normalerweise sämtliche seiner Pflichten schon im Laufe des Vormittags erfüllt hatte. Um die Zeit hielt sich sein Vater weit draußen auf den Feldern auf und kontrollierte die Siegelpfosten, also ging er ins Haus zurück, um sich das übliche Frühstück einzuverleiben – Hafergrütze, Eier und Speck –, das seine Mutter für ihn warm gehalten hatte. Er schlang alles hinunter, ohne sich eine Pause zum Atemholen zu gönnen. Mit einem großen Schluck Milch spülte er nach, dann sprang er schon wieder von seinem Stuhl hoch.

Seine Mutter hielt ihn fest, wie immer. Im Haus gab es dauernd etwas für ihn zu tun, und diese Arbeiten hasste er am meisten. Aber da half kein Sträuben, und durch Lamentieren wurde der Kasten mit Feuerholz nicht voll, der Boden fegte sich nicht von selbst, und jemand musste ja die Bannzeichner-Ausrüstung mit neuen Holzkohlestiften ergänzen. »Von nichts kommt nichts«, pflegte seine Mutter ihn zu ermahnen.

Gegen Mittag hatte er dann endlich etwas freie Zeit für sich. Ehe sein Vater von den Feldern zurückkam und ihm weitere Pflichten auferlegen konnte, nahm Arlen sich eilig etwas Brot und Käse und sauste los, um sein Mittagsmahl zu verzehren. Genau wie beim Frühstück schmeckte er kaum, was er aß. Essen betrachtete er als Nahrungsaufnahme, und nichts weiter.

Wie weit komme ich heute?, fragte er sich stets, während er seinen Proviant verputzte. Erst in acht Stunden würde es dunkel werden, deshalb konnte er vier Stunden lang in jede beliebige Richtung marschieren. Der Stand der Sonne am Himmel verriet ihm, wann er umkehren musste.

Er trieb ein gefährliches Spiel, an dem sich keines der anderen Kinder aus Tibbets Bach beteiligte. Und nicht nur in dieser Hinsicht unterschied sich Arlen von ihnen. Alle anderen Leute gaben sich mit ihrem Leben im Dorf zufrieden und interessierten sich nicht dafür, was hinter dem nächsten Hügel lag. Auf diese Weise gingen sie kein Risiko ein. Sein Vater hielt diese Einstellung für klug, aber Arlen dachte anders darüber. Den Einwohnern von Tibbets Bach genügte es, von anderen Menschen zu erfahren, durch welche Gegenden eine Straße führte, was es im Wald oder hinter dem Fluss im Süden zu entdecken gab ... falls ein solcher Fluss überhaupt existierte. Arlen begnügte sich nicht mit Berichten aus zweiter Hand, er wollte lieber alles mit eigenen Augen sehen.

Bis wohin könnte ich es schaffen, wenn ich den ganzen Tag lang Zeit hätte?, grübelte er unentwegt. *Wenn ich morgens nicht auf dem Hof arbeiten müsste, nicht jedesmal gezwungen wäre, an einem bestimmten Punkt kehrtzumachen, um rechtzeitig vor dem Abend wieder zu Hause zu sein? Könnte ich einen sicheren Unterschlupf erreichen, ehe sie kommen?* Der Gedanke erregte und ängstigte ihn zugleich. Was mochte ihn erwarten, wenn er den Augenblick, in dem eine gefahrlose Heimkehr noch möglich war, verstreichen ließ und einfach immer weiterrannte?

Vielleicht probiere ich es heute aus.

Aber wenn die Sonne auf den Horizont zuwanderte, verließ ihn jedesmal aufs Neue der Mut, und dann merkte er, wie er sich unwillkürlich umdrehte und zurücklief.

Sobald das Haus in Sichtweite kam, verlangsamte er sein Tempo, trotz der Rufe seiner Eltern und trotz der Angst, die in ihren Stimmen mitschwang. Um diese Stunde des Tages fühlte er sich am lebendigsten. Er beobachtete, wie die Sonne am Himmel versank und durch die Drehung der Erde langsam aus seinem Gesichtskreis verschwand. Allmählich wurden die Schatten länger. Bis zur letzten Minute verweilte er, dann hetzte er so schnell ihn seine Beine trugen zum Haus, während ein berauschendes Prickeln von Furcht ihn überschwemmte, sein Herz zum Rasen brachte und seine Hände zittern ließ. In diesen wenigen Sekunden duftete die Luft frischer, und sein ganzer Körper vibrierte. Es gab keinen schöneren Anblick als die Rot- und Orangetöne der Abenddämmerung, keine beflügelnderen Geräusche als die Warnrufe seiner Eltern. Er stolperte über die Türschwelle, vorsichtig, um kein Siegel zu verwischen, dann drehte er sich um und sah zu, wie die Horclinge emporstiegen.

Nachdem die letzten warmen Sonnenstrahlen am Horizont verblasst waren und während der Erdboden die in ihm gespeicherte Hitze an die Luft abgab, stiegen die Flammendämonen aus dem Horc, um zu tanzen.

Schon sehr bald wurde Arlen in das Innere das Hauses gezerrt, die schwere Tür wurde geschlossen und der wuchtige Querbalken vorgeschoben (als ob das einen Horcling abhalten könnte!). Danach begutachtete Arlens Vater noch einmal die Siegel an den Fenstern und an der Tür, um sich zu vergewissern, dass keines verwischt oder zerkratzt war. Er erklärte Arlen zwar stets, dass eine dreimalige Kontrolle genüge, doch er konnte gar nicht anders, er musste immer noch ein viertes Mal nachschauen.

Für sein spätes Heimkommen wurde Arlen immer getadelt, mitunter setzte es sogar etwas mit dem Gürtel seines Vaters. Doch im Grunde wussten seine Eltern, dass keine Strafe ihren Sohn dazu bewegen konnte, seine Ausflüge einzustellen.

Nach der Bestrafung aß die Familie zu Abend, und später, wenn seine Mutter sich mit einer Strickarbeit beschäftigte und sein Vater Siegelpfosten schnitzte, durfte Arlen am Fenster sitzen und die Horclinge beim Tanzen beobachten. Sie sahen so anmutig aus, sogar schön. Manchmal erhaschte er einen Blick auf einen Winddämon, ein schemenhafter Umriss, der auf ledrigen Schwingen von oben herabstieß, beleuchtet von den glühenden Mäulern und Augen seiner feurigen Vettern.

Weniger hübsch anzusehen aber zum Glück auch weniger häufig waren die Felsendämonen; ihre massigen, kräftigen Körper steckten in einem Panzer, an dem selbst die stärkste Speerspitze zerbrach. Anstatt zu tänzeln, pirschten sie langsam über den Hof, die rasiermesserscharfen Zähne fletschend und auf der Suche nach Beute.

Arlen hatte noch nie einen Wasserdämon zu Gesicht bekommen, doch er kannte sie aus den Geschichten, die die Jongleure erzählten. Sie konnten den Rumpf eines Bootes zerschmettern und die unglücklichen Fischer unter Wasser ziehen. Allein bei der Vorstellung, in den Tiefen seines heimatlichen Sees könnten dunkle, schreckliche Kreaturen ihre Kreise ziehen, überlief Arlen ein kalter Schauer. Der Gedanke, einem solchen Ungeheuer zu begegnen, ängstigte ihn, und dennoch sehnte er sich danach, ans Wasser zu laufen und zu versuchen, einen Blick auf eines dieser Scheusale zu erhaschen.

In manchen Nächten griffen die Dämonen die Schutzsiegel an. Mit voller Wucht warfen sie sich gegen die Türen und Fenster, nur um durch die aufblitzende Magie zurückgeschleudert zu werden. Arlens Eltern zuckten nur selten zusammen, wenn so etwas passierte, denn im Laufe ihres Lebens hatten sie sich an derlei Vorkommnisse gewöhnt.

»Warum greifen sie immer wieder an, wenn sie die Sperre ja doch nicht durchdringen können?«, hatte Arlen seinen Vater einmal gefragt.

»Sie suchen nach Lücken im Netz«, hatte er ihm damals erklärt und sich zu ihm ans Fenster gestellt. »In jedem Schutzkreis gibt es welche. Ohne Ausnahme. Horclinge sind nicht intelligent genug, um die Siegel zu studieren und die Schwachpunkte zu entdecken, aber sie können blindlings dagegen anrennen und auf diese Weise Breschen finden. Du wirst nie erleben, dass ein Horcling in einer Nacht zweimal dieselbe Stelle attackiert.« Er tippte sich an die Schläfe. »Sie erinnern sich. Und sie wissen, dass mit der Zeit selbst die mächtigsten Siegel schwächer werden.«

Immer und immer wieder erhellte ein gleißendes Licht die Nacht, wenn die Horclinge die Siegel auf die Probe stellten. In winzigen Blitzen flammte Magie auf und tauchte den Hof vorübergehend in einen unheimlichen Schein, und dann konnte Arlen mit angehaltenem Atem beobachten, wie die Horclinge sich abmühten, das Brunnenhaus zu zerstören oder an das Räucherfleisch in dem Vorratsschuppen zu gelangen.

Sie verschonten auch die Scheune nicht, doch die war mit denselben starken Siegeln geschützt wie das Wohnhaus. Dann hörte Arlen, wie das Vieh vor Angst brüllte. Die Tiere würden sich nie an die Dämonen gewöhnen. Instinktiv wussten sie, dass es ihren Tod bedeutete, sollten die Horclinge den Wall aus Schutzzeichen durchbrechen.

Arlen wusste es auch, aus leidvoller Erfahrung. Als er sieben war, hatte er mit ansehen müssen, wie die Dämonen einen ihrer Schäferhunde in Stücke rissen und dessen Eingeweide über den ganzen Hof verstreuten.

Horclinge töteten mit großer Begeisterung. Das Gemetzel bereitete ihnen Vergnügen.

Angeblich hatte es einmal eine Zeit gegeben, in der die Dämonen nicht so dreist waren. Eine Ära, in der die wirkungsvollsten Siegel noch nicht in Vergessenheit geraten waren; als die Dämonen die Macht der Menschen fürchteten und sich im Horc versteckten. Aber an diese Epoche, falls sie nicht nur ein Hirngespinst war, hätten sich nicht einmal mehr die Ur-Ur-Großväter der ältesten noch lebenden Menschen erinnern können, so weit lag sie zurück. Und die vermeintlich übermächtigen Siegel tauchten nur noch in den Erzählungen der Jongleure auf.

Während Arlen die Kreaturen beobachtete, die ihm schon wieder für eine Nacht seine Welt stahlen, träumte er davon, diese uralten Siegel wiederzuentdecken. Er träumte davon, in Gegenden zu reisen, die hinter Tibbets Bach lagen, und fasste den Entschluss, eines Tages zu diesem Abenteuer aufzubrechen, selbst wenn es bedeutete, dass er eine Nacht im Freien verbringen musste.

Bei den Dämonen.

Brianne

Einführung

Von allen Szenen, die gestrichen wurden, ist diese bei weitem meine liebste, mein armer, verschmähter Favorit. Sie findet in Kapitel dreizehn von *Das Lied der Dunkelheit* statt, gleich nach der Konfrontation zwischen Gared und Marick auf dem Marktplatz im Tal der Holzfäller. Mit dieser Szene wollte ich Leesha mit Brianne zusammenbringen, die eine ihrer besten Freundinnen war, bis die Ereignisse des ersten Abschnitts, in dem sich Leeshas Geschichte entfaltet, ihre Freundschaft zerstören. Außerdem sollte diese Episode veranschaulichen, wie selbstbewusst und mächtig Leesha geworden war, seit sie sich von der alten Bruna zur Kräutersammlerin ausbilden ließ.

Der Grund für die Streichung

Die Entscheidung, die Szene wegzulassen, lag voll und ganz bei mir. Weder meine Redakteurin noch irgendein Testleser oder sonst jemand hatte mir dazu geraten. Ich musste einfach den Umfang des Buchs reduzieren, und egal, wie sehr ich diese Szene liebe, sie besteht aus über dreitausend Wörtern und ließ sich so problemlos herauskürzen, dass niemand außer mir sie vermissen würde. Dass das Tal der Holzfäller für Leesha zu klein geworden war, konnte mittlerweile niemandem entgangen sein, und in der Szene passierte nichts, was den Rest der Geschichte hätte beeinflussen können.

Ich bereue die Entscheidung nicht. Die endgültige Fassung des Buches ist »abgespeckt«, und jede einzelne Szene treibt den Handlungsablauf voran. Diese Szene ist für den Plot jedoch unwichtig und stellt nur eine Abschweifung dar. Durch die Streichung geriet auch das Verhältnis, wie viel Erzählraum ich Leesha und Rojer gebe, ein wenig mehr ins Gleichgewicht, doch obwohl ich mir vorgenommen hatte, beiden gleich viel »Sendezeit« zu gewähren, kam Rojer immer noch zu kurz, und daran hat sich auch nichts geändert.

Nichtsdestotrotz liebe ich diese kleine Nebenepisode, und ich bin sehr zufrieden, dass ich sie nun doch noch Lesern präsentieren kann, die sie vielleicht genießen werden.

Die Szene

»Deine Heilkünste werden gebraucht«, erklärte Mairy.

»Fühlst du dich nicht wohl?«, fragte Leesha besorgt. Sie legte den Handrücken gegen Mairys Stirn, doch die schüttelte den Kopf und wich zurück. »Nein, es geht nicht um mich«, erwiderte sie.

»Ist eines deiner Kinder krank?«, hakte Leesha nach, musterte Mairys Sprösslinge und suchte nach Symptomen für eine angegriffene Gesundheit. »Oder Benn?«

Abermals schüttelte Mairy den Kopf. »Ich spreche von Brianne«, erklärte sie. »Sie klagt über Bauchschmerzen. Sie versucht zwar, es herunterzuspielen, aber ich sehe, wie sie immer wieder zusammenzuckt. Irgendetwas stimmt nicht mit ihr. Wir dachten, es sei vielleicht besser, wenn ich diejenige bin, die dich bittet, sie zu untersuchen.«

»Und wieso kommt ihr damit ausgerechnet zu mir?«, erkundigte sich Leesha. »Sonst wendet sie sich doch an Darsy, wenn sie etwas hat. Die ist die Kräutersammlerin ihrer Wahl.«

»Du sagst doch selbst, dass sich Darsy bei ihren Heilbehandlungen mehr aufs Raten verlässt als auf echtes Wissen«, entgegnete Mairy. »Und letzten Winter konnte sie Dug und Merrems Kind nicht retten.«

»Ich habe nie behauptet, dass es Darsys Schuld war«, betonte Leesha.

»Das war auch gar nicht nötig«, meinte Mairy. »Die halbe Stadt tuschelt darüber, wenn sie vorbeikommt.

Brianne ist nur zu stolz, um dich um Hilfe zu bitten.«

»Selbst wenn sie es täte«, warf Leesha ein, »warum sollte ich sie ihr gewähren?«

»Weil sie krank ist und weil du eine Kräutersammlerin bist«, stellte Mairy fest.

»Seit fast sieben Jahren redet sie nur schlecht über mich«, versetzte Leesha ärgerlich. »Und vergiss nicht, dass sie sich große Mühe gegeben hat, mein Leben zu zerstören.« Sie wandte sich ab, doch die Schuldgefühle ließen ihr keine Ruhe. Kräutersammlerinnen schworen einen Eid, jedem zu helfen, der ihre Unterstützung brauchte.

»Sie hat um dich geweint«, flüsterte Mairy hinter ihr. »Wir alle haben geweint.«

Leesha drehte sich um. »Was meinst du damit?«

»An dem Morgen, als deine Mam in die Stadt kam und erzählte, du seist vor der Dunkelheit nicht nach Hause gekommen«, erwiderte Mairy. »Sie schickte die ganze Stadt los, um nach dir zu suchen ...« Sie wandte den Blick ab. »Oder nach deiner Leiche.«

Als Leesha nicht antwortete, fuhr Mairy nach einer Weile fort: »Wir alle glaubten, du seist tot. Brianne machte sich Vorwürfe und behauptete, es sei ihre Schuld. Dann brach sie in Tränen aus. Wir versuchten, ihr klarzumachen, dass sie nichts dafür könne, aber sie war untröstlich.« Sie berührte Leeshas Schulter. »Sie wusste, was sie dir angetan hatte, Leesha.«

»Ich habe nie ein Wort des Bedauerns von ihr gehört«, erwiderte Leesha. »Im Gegenteil, seitdem hat sie noch schlimmer über mich gelästert als zuvor. Meinst du, ich wüsste nicht, was sie über mich in die Welt setzt?«

»Sie wollte dich um Entschuldigung bitten«, behauptete Mairy. »Auch Saira wollte dir sagen, wie leid es ihr tut.«

»Aber du warst die Einzige, die sich tatsächlich bei mir entschuldigt hat«, erwiderte Leesha.

»Jemanden mit Worten zu verletzen ist leicht«, zitierte Mairy eine von Leeshas früheren Bemerkungen. »Es ist ungleich schwerer, mit Worten zu heilen. Denk daran, dass du sie zuerst gekränkt hast.«

Leesha fühlte sich, als hätte sie einen Schlag ins Gesicht bekommen. Angenommen, Brianne war wirklich krank und brauchte ihre Hilfe? Würde sie ihr ihre Unterstützung verweigern? Oder ihrem Kind? Hatte Bruna jemals einen Menschen im Stich gelassen?

»Du hast Recht, Mairy«, räumte sie ein. »Natürlich komme ich mit und werde sehen, was ich für sie tun kann.«

»Da wäre noch etwas«, fügte Mairy hinzu.

Leesha stutzte und blickte die junge Frau an.

»Sie ist schwanger.«

Mairy schickte ihre Kinder nach Hause, und sie und Leesha steuerten auf das kleine Haus zu, das die Stadtleute gebaut hatten, als Brianne und Evin heirateten.

»Wie lange weiß sie es schon?«, erkundigte sich Leesha und marschierte so zügig drauflos, dass Mairy sich sputen musste, um mit ihr Schritt zu halten. Die Angst um das Ungeborene trieb sie an.

»Vor ein paar Wochen hat sie die ersten Anzeichen bemerkt«, erklärte Mairy. »Sie könnte jetzt im zweiten Monat sein. Erst in dieser Woche hat sie es Evin erzählt.«

»Gab es Probleme bei der ersten Schwangerschaft?«, fragte Leesha.

»Außer, dass sie dadurch gezwungen wurde, Evin zu heiraten?«, spottete Mairy. Leesha maß sie mit einem wütenden Blick.

»Das ist nicht lustig, ich weiß«, wiegelte Mairy ab. »Aber Callens Geburt verlief glatt. Man könnte sogar sagen, das war das Einzige an der ganzen Geschichte, das nicht mit Komplikationen verbunden war.«

»Evin wollte das Kind nicht«, stellte Leesha fest.

»Das ist noch milde ausgedrückt«, erwiderte Mairy mit Nachdruck. »Weder er noch Brianne hatten damit gerechnet, dass sie schwanger werden könnte. Sonst ging sie immer zu Bruna, um sich von ihr Pomeranzen-blättertee geben zu lassen, aber nachdem du Brunas Schülerin wurdest ... nun ja, sie meinte, eher würde sie sterben vor Scham.«

»Brianne war eine der Ersten, die sich Darsy zuwandten«, erinnerte sich Leesha.

»Aber Darsy weigert sich, diesen Tee zuzubereiten«, klärte Mairy sie auf. »Sie findet, das Verhüten von Schwangerschaften sei eine Sünde, und sie hat alle Frauen beim Fürsorger verpetzt, die den Tee trinken. Daraufhin hielt er eine große Predigt über die Pflicht der Menschen, fruchtbar zu sein und sich zu vermehren.«

»Ja, ich erinnere mich«, gab Leesha zu. Fürsorger Michel hatte wortgewaltig den Pomeranzenblättertee verdammt, obwohl er sich hütete, ein böses Wort gegen Bruna zu äußern, aus Angst, die ganze Stadt könnte erfahren, wie emsig er selbst dabei war, die Pflicht zur Zeugung von Nachkommenschaft zu erfüllen.

»Nun, das erklärt, warum Darsy als Hebamme so beschäftigt ist«, meinte Leesha. »Die Frauen, die ihre Dienste als Heilerin in Anspruch nehmen, werden sicherlich öfter schwanger als andere.«

»Aber das ist doch gut so«, wandte Mairy ein. »Bei uns im Tal der Holzfäller wohnen ohnehin viel zu wenig Leute.«

»Gegen das Kinderkriegen ist überhaupt nichts einzuwenden, solange Darsy dafür sorgt, dass es möglichst keine Totgeburten gibt«, fand Leesha.

»Manchmal macht Brianne dich für ihr Unglück verantwortlich«, platzte Mairy heraus.

»Mich?«, wunderte sich Leesha. »Was habe ich denn getan?«

»Deinetwegen hat sie sich geschämt, zu Bruna zu gehen und sich den Pomeranzenblättertee geben zu lassen«, erläuterte Mairy. »Und als sie dann schwanger wurde, zwang sie Evin, sie zu heiraten. Seitdem hat sie keinen glücklichen Tag mehr gehabt.«

»Das ist ungerecht«, protestierte Leesha. »Ich war diejenige, die in aller Öffentlichkeit gedemütigt wurde, und daran war sie schuld.«

»Nein, daran war Gared schuld«, berichtigte Mairy.

»Und dass Brianne schwanger wurde, ist Evins Schuld, nicht meine!«, schoss Leesha zurück.

Mairy nickte. »Vielleicht ist es an der Zeit, dass ihr beide euch einmal richtig aussprecht«, schlug sie vor.

Leesha schwieg eine geraume Weile. »Ich rede mit ihr, wenn sie auch dazu bereit ist«, gab sie schließlich nach.

»Eine von euch muss den Anfang machen«, warnte Mairy.

Abrupt blieb Leesha stehen. »Brianne hat keine Ahnung, dass ich kommen werde«, vermutete sie. Als Mairy keine Antwort gab, grinste sie. »Du hast dich ja zu einer richtigen Ränkeschmiedin entwickelt«, warf sie ihr vor.

»Das lernt man, wenn man Kinder hat«, räumte Mairy kichernd ein.

Mairy holte tief Luft und klopfte an die Tür. Im Inneren des Hauses erklang Lärm, aber niemand machte auf. Mairy klopfte ein zweites Mal an.

»Wer ist da?«, schrie Evin.

»Mairy!«, brüllte sie zurück.

Drinnen keifte eine Frauenstimme. »Lass mich in Ruhe!«, schnauzte Evin dann.

»Komm einfach rein!«, rief Brianne. »Die Tür ist nicht verriegelt!«

Mairy öffnete die Tür, und sie sahen einen verwahrlosten Haushalt. Zwei Wolfshunde liefen frei durch das größte Zimmer, und ein Teil der Einrichtung wies Bissspuren auf. Evin saß da, die Füße in den schmutzigen Stiefeln auf den Esstisch gelegt, und schnitzte. Rings um ihn her bedeckten Holzsplitter den Boden. Brianne stand mit dem Rücken zur Tür und hackte Gemüse auf der Arbeitsplatte neben der Feuerstelle, die ihr als Küche diente. Callen, sechs Jahre alt und zerstrubbelt, als sei er eine halbe Ewigkeit nicht mehr gekämmt worden, klammerte sich mit einer Hand an den Rock seiner Mutter. Mit der anderen popelte er hingebungsvoll in seiner Nase herum.

»Entschuldige, dass dir keiner die Tür aufgemacht hat, Mairy«, begann Brianne, ohne sich umzudrehen. »Möge der Schöpfer verhindern, dass Evin mit seiner überflüssigen Schnitzerei in Rückstand kommt.«

»Wenn du hin und wieder zur Tür gingst, würdest du vielleicht ein paar Pfunde abschwitzen«, grummelte Evin. »Was hast du überhaupt hier zu suchen?«, fuhr er fort, doch dann hob er den Blick und sah Leesha eintreten.

»Nanu, nanu, wen haben wir denn da?«, staunte er, wobei er Leesha mit den Augen verschlang. Abrupt stand er von seinem Stuhl auf und klopfte sich die Holzspäne von der Kleidung. »Willkommen in unserem bescheidenen Heim.«

Brianne drehte sich um und sah die lüsterne Miene ihres Mannes. Als sie Leesha erkannte, zog sie ein wütendes Gesicht.

»Was will DIE hier?«, fauchte Brianne ärgerlich und ging mit dem Hackmesser in der Hand auf die Besucherinnen zu.

»Ich dachte, sie hätte vielleicht ein Mittel gegen deine Schmerzen«, erklärte Mairy.

»Ich habe niemanden um Hilfe gebeten«, knurrte Brianne. »Mir fehlt nichts. Es geht mir gut.«

»Man kann dir ansehen, dass du leidest«, widersprach Leesha. »Du bist viel zu blass, du atmest ungleichmäßig, und beim Laufen beißt du die Zähne zusammen.«

»Aber wenn sie doch sagt, dass ihr nichts fehlt«, mischte sich Evin ein.

»Brianne, ich bitte dich«, drängte Mairy, ohne auf Evins Bemerkung einzugehen, »lass dich von ihr untersuchen. Schon allein des Kindes wegen.«

»Mit dem Baby ist alles in Ordnung«, behauptete Evin.

»Raus hier!«, schnauzte Brianne.

»Brianne ...«, setzte Leesha an.

»Bist du taub?«, donnerte Evin. »Sie hat gesagt ...«

»Nein«, fiel Brianne ihm ins Wort. »*Du* sollst abhauen, Evin!«

»Das ist *mein* Haus ...«, plusterte er sich auf und stürmte auf die Frauen zu, aber Leesha schob eine Hand in eine der vielen Taschen ihrer Schürze, und als Evin die Bewegung sah, blieb er abrupt stehen.

»RAUS HIER!«, brüllte Brianne und warf das Messer nach ihm. Evin duckte sich unter dem Geschoss weg und funkelte seine Frau zornig an, aber er verdrückte sich in Richtung der Tür. Callen fing an zu weinen.

»Und nimm die verdammten Köter mit!«, kreischte Brianne. »Ich bin es leid, ständig ihre Scheißhaufen vom Boden aufzukehren!« Evin schnalzte mit der Zunge, und beide Tiere folgten ihm nach draußen.

Sobald er fort war, schien Brianne aufzuatmen. Sie kniete vor Callen nieder, doch dabei verzerrte sich ihr Gesicht vor Schmerzen. Sie hob einen Zipfel ihrer Schürze, um seine Tränen zu trocknen.

»Ist ja gut, mein Kleiner«, tröstete sie den Jungen. »Ist ja gut. Und jetzt geh und spiel mit deinen Bauklötzen.« Sie umarmte ihn, und dann lief Callen in die hintere Ecke des Raumes, wo jemand aus kleinen Holzstöcken eine winzige, einfache Blockhütte gebastelt hatte.

Brianne stemmte sich mühsam wieder in die Höhe, wobei sie abermals eine Grimasse zog. Ihre Gesicht war aschfahl. »Wahrscheinlich ist es dir eine Genugtuung, mich in diesem Zustand zu sehen«, wandte sie sich an Leesha. »Fett und elend, während du durch die Stadt spazierst, den Vögeln, die auf deiner Schulter sitzen, ein Liedchen trällerst und im Vorbeigehen jedem Mann den Kopf verdrehst.«

Leesha verbiss sich eine ärgerliche Entgegnung. »Am Leiden anderer kann ich mich nicht ergötzen, egal, um wen es sich handelt«, sagte sie. »Und jetzt setz dich hin, damit ich dich untersuchen kann.«

Brianne sträubte sich nicht, und als sie sich vorsichtig auf einen Stuhl niederließ, huschte wieder ein schmerzlicher Ausdruck über ihre Züge. Leesha blickte in ihre Augen und in ihren Mund, legte ihr eine Hand auf die

Stirn, um zu fühlen, ob sie Fieber hatte, und prüfte ihren Puls.

»Sag Bescheid, wenn dir etwas wehtut«, forderte sie sie auf, und Brianne nickte. Dann fing sie an, sie mit geübten Fingern abzutasten, wobei sie Brianne die ganze Zeit über in die Augen blickte. Sie hatte bereits einen Verdacht, was diese starken Schmerzen verursachte.

»Aaah!«, schrie Brianne, als Leesha gegen ihre Rippen drückte.

»Zieh deine Bluse aus«, ordnete Leesha an.

»Muss das wirklich sein?«, fragte Brianne.

»Als wir noch Freundinnen waren, hattest du nie Hemmungen, dich nackt zu zeigen«, meinte Leesha.

»Damals hatte ich auch noch eine bessere Figur!«, schoss Brianne zurück.

»Runter mit der Bluse«, befahl Leesha. »Mairy, hilf mir.«

Brianne wehrte sich nicht, als die beiden Frauen ihr die Bluse über den Kopf zogen. Mairy schnappte nach Luft, als sie die gelben Blutergüsse sah, die Briannes Arme und den Rücken übersäten, und den schwarzen, handtellergroßen Fleck auf ihren Rippen.

»Genau das dachte ich mir«, bemerkte Leesha. »Zwei deiner Rippen sind gebrochen. Du hattest großes Glück, dass deine Lunge nicht durchbohrt wurde.«

»Kannst du sie wieder richten?«, erkundigte sich Brianne.

Leesha schüttelte den Kopf. »Rippen kann man nicht richten, man muss warten, bis der Bruch verheilt. Ich lege dir einen festen Verband an, damit sie gerade zusammenwachsen und die Bruchstellen sich nicht aneinander reiben, wenn du dich bewegst, aber eine Zeit lang musst du dich schonen. Das Beste wäre, wenn du im Bett liegen bleibst.«

»Für wie lange?«, wollte Brianne wissen.

»Ein paar Wochen«, antwortete Leesha und fing Briannes Blick auf. »Keine Widerrede!«, schnappte sie. »Wir schicken dir jemanden, der dir hilft, Callen zu versorgen, und der sich um den Haushalt kümmert. Sei froh, dass du nochmal so glimpflich davongekommen bist.«

»Beim Schöpfer!«, ächzte Mairy. »Was ist passiert, Bri?«

»Ich stand auf dem Holzstapel und habe die Dose mit der Farbe gehalten, während Evin die Siegel am Dach ausgebessert hat«, erzählte sie. »Dann bin ich ausgerutscht, und der halbe Stapel fiel auf mich herunter.«

»Bei der Nacht!«, entsetzte sich Mairy. »Warum hast du nichts gesagt?«

»Ich dachte, es wäre halb so schlimm«, behauptete Brianne.

»Hör mal, ich habe alles dabei, was ich brauche, Mairy«, erklärte Leesha. »Ich schlage vor, du gehst jetzt zu dir nach Hause, ehe die Kleinen noch irgendwelchen Unfug anstellen.«

Mairy warf Brianne einen Blick zu; die nickte zustimmend, und Mairy verabschiedete sich.

»Dämonenscheiße!«, legte Leesha los, als sie mit Brianne allein war. »Dieser Sohn eines Horclings hat dich geschlagen, und glaub bitte nicht, dass ich so blöd bin, dir diese Fantastereien abzunehmen, die du dir aus dem Arsch ziehst, als hättest du dich mit Bitterkraut beduselt.«

Schockiert starrte Brianne sie an. »Bei Bruna hast du Fluchen gelernt«, meinte sie mit gequältem Lächeln. »Die unschuldige kleine Leesha, die ich kannte, hätte nicht mal gewusst, was diese Ausdrücke bedeuten.«

»Versuch nicht, vom Thema abzulenken«, warnte Leesha.

Brianne schaute ängstlich drein. »Was wirst du tun?«

»Zuerst lege ich einen Verband um die Rippen«, erklärte Leesha. Sie holte eine Rolle aus weißem Stoff aus ihrem Korb und fing an, Briannes Brustkorb knapp unterhalb der Brüste zu umwickeln.

»Ahhh! Bei der Nacht, das tut weh«, stöhnte Brianne.

»Wahrscheinlich nicht halb so sehr wie die Prügel, die du bezogen hast«, entgegnete Leesha. »Brianne, du musst dich jemandem anvertrauen. So kann das nicht weitergehen.«

»Es war nur dieses eine Mal«, behauptete Brianne.

Leesha schnaubte durch die Nase. »Das kaufe ich dir genauso wenig ab wie das Märchen mit dem Holzstapel. Ein Mann, der eine schwangere Frau schlägt, macht das nicht zum ersten Mal. Weiß Darsy Bescheid?«

Brianne schüttelte den Kopf. »Niemand weiß es. Vorher brauchte ich noch nie eine Kräutersammlerin.«

»Das muss aufhören, bevor du einen Fürsorger und einen Leichenbestatter brauchst!«, erwiderte Leesha.

»Was soll ich deiner Meinung nach denn unternehmen?«, fragte Brianne gereizt. »Es meinem Dad erzählen? Er und meine Brüder würden Evin umbringen. Im Ernst, sie würden ihn töten, und zur Strafe würde man sie dann über Nacht aus dem Dorf verbannen. Dann hätte Callen überhaupt keinen männlichen Verwandten mehr, und was soll dann aus mir werden?«

»Wende dich an Smitt«, schlug Leesha vor. »Der Rat könnte sich damit befassen.«

Brianne schüttelte vehement den Kopf. »Dad würde es trotzdem herausfinden, und dann nehmen die Dinge ihren Lauf.«

»Und wie stellst du dir deine Zukunft vor?«, fragte Leesha. »Willst du dich weiterhin verprügeln lassen, bis er dir oder deinem Ungeborenen eines Tages einen bleibenden Schaden zufügt? Oder sich an Callen vergreift?«

»Es wird nicht wieder vorkommen, Leesha«, beteuerte Brianne und drückte ihre Hand. »Er hat es mir versprochen. Und du musst mir schwören, niemandem davon zu erzählen.«

»Brianne …«

»Schwöre es!«, forderte Brianne drängend. »Denke an deinen Eid!«

Leesha kniff leicht die Augen zusammen, aber ihr war klar, in welcher Zwickmühle sie steckte. Bilder von Elonas Gürtel geisterten durch ihren Kopf, und sie entsann sich nur allzu gut, dass ihr die Schmerzen immer erträglicher vorgekommen waren als die Schmach, jemandem ihre Not zu offenbaren. »Ich gebe dir mein

Wort«, stieß sie dann zwischen zusammengebissenen Zähnen hervor.

Nachdem sie den Verband um die Rippen angelegt hatte, wählte sie eine Handvoll Wurzeln aus und gab sie Brianne. »Kau diese gegen die Schmerzen. Aber nur eine Wurzel pro Tag, auf gar keinen Fall mehr, sonst wird das Kleine sich bemerkbar machen.« Sanft tätschelte sie Leeshas Bauch. »Und zwar auf eine reichlich unangenehme Weise.«

»Ist dem Baby auch nichts passiert?«, fragte Brianne, den Tränen nahe.

»Dieses Mal ist noch alles gutgegangen«, beruhigte Leesha sie. »Aber wenn sich so etwas wiederholt, kann man für nichts garantieren.«

»Es passiert nie wieder, das schwöre ich dir«, bekräftigte Brianne.

»Ich glaube nicht, dass *du* es verhindern kannst«, entgegnete Leesha.

❦

Evin lungerte im Hof herum, als Leesha die Hütte verließ. Mit seinen Blicken streichelte er ihren Körper, aber er blieb misstrauisch. Einem jähen Impuls nachgebend, ging Leesha zu ihm, wobei sie den natürlichen Schwung ihrer runden Hüften bewusst noch ein wenig mehr betonte.

»Bald ist sie wieder wohlauf«, eröffnete sie das Gespräch. »Beim Sturz von dem Holzstapel hat sie sich ein paar Rippen gebrochen, aber wenn sie sich ein Weilchen schont, heilen sie von selbst wieder.«

208

»Von dem … Holzstapel?«, begann Evin gedehnt, doch er fing sich rasch, und seine Zuversicht wuchs, als er drauflosplapperte. »Ja, richtig! Ein schlimmer Sturz war das! Ich habe ihr geraten, eine Kräutersammlerin kommen zu lassen, aber du kennst ja Brianne!«

Leesha schenkte ihm ein strahlendes Lächeln. »Und ob ich sie kenne!«, bestätigte sie.

Evin erwiderte das Lächeln. »Gut siehst du aus, Leesha«, säuselte er. »Du wirst von Tag zu Tag schöner.«

Leesha spähte in die Runde. Als sie merkte, dass sie allein waren, rückte sie näher an Evin heran und stellte sich auf die Zehenspitzen, so dass ihre Lippen sein Ohr berührten. »Lass uns hinters Haus gehen«, flüsterte sie. »Ich möchte dir etwas zeigen.«

Evins Grinsen vertiefte sich; er griff nach ihrer Hand und zerrte sie geradezu mit sich.

Sobald er glaubte, dass niemand sie beobachtete, fiel er über sie her, küsste sie gierig und betatschte ihre Brüste. Die Nadel in Leeshas Hand bemerkte er erst, als sie in seinem Nacken steckte.

»Was zum …«, rief Evin, prallte zurück und schlug mit der Hand auf die Stichstelle. Er fing bereits an zu wanken.

»Das Gift wirkt sehr schnell«, klärte Leesha ihn auf und glättete ihre Bluse.

»Gift …«, setzte Evin an, doch seine Beine knickten unter ihm ein, und er landete bäuchlings im Dreck, wo er sich in Zuckungen krümmte.

»Kannst du es spüren?«, fragte Leesha und kniete sich neben ihn, als der Anfall erst richtig begann. »Die schrecklichen Krämpfe und die Schmerzen? Wie deine Gliedmaßen zucken, weil du deinen Körper nicht mehr unter Kontrolle hast?«

Beruhigend klopfte sie mit der Hand auf seinen Rücken. »Aber keine Sorge, bald verlässt das Gift deine Muskeln.« Sie beugte sich tief über ihn, strich ihm zärtlich über das Haar und wisperte: »Es wandert direkt in deine Gedärme.«

Aus Evins Mund entwich ein leises Stöhnen.

»Ich habe Brianne mein Wort gegeben, diesen Vorfall für mich zu behalten«, fuhr Leesha in mildem Ton fort. »Kräutersammlerinnen schwören einen Eid, der sie zum Stillschweigen verpflichtet, und diesen Schwur werde ich nicht brechen. Doch das heißt nicht, dass ich die Dinge einfach auf sich beruhen lasse.«

Mit festem Griff packte sie seinen Haarschopf und drehte seinen Kopf in ihre Richtung. »Sieh mich an!«, befahl sie. Er unternahm einen schwachen Versuch, sich abzuwenden, aber sie ließ es nicht zu. Sie legte die freie Hand unter sein Kinn und drückte es gewaltsam hoch, um ihn zu zwingen, ihr in die Augen zu blicken.

»Denke gründlich nach, wenn du morgen heulend auf dem Abort hockst«, riet sie ihm. »Denn wenn ich noch ein einziges Mal Brianne oder eines der Kinder behandeln muss, weil du dich an ihnen vergriffen hast, dann wirst du es bitter bereuen. Verglichen mit dem, was dir dann blüht, sind die Folgen dieses Giftes eine Kleinigkeit. Ich sorge dafür, dass deine Knochen vor Schmerzen schreien und dein erbärmlicher kleiner Schwanz schrumpft, bis er aussieht wie eine runzlige Rosine. Du wirst am Stock humpeln, noch ehe du deinen dreißigsten Sommer gesehen hast.«

Aus entsetzt geweiteten Augen stierte Evin sie an. Schaumiger Speichel quoll aus seinem Mund, und eine Träne rollte über seine Wange.

Sie ließ ihn los und stand auf. Sein Kopf plumpste seltsam kraftlos in den Dreck zurück.

»Denke gründlich darüber nach«, wiederholte sie. Als sie sich umdrehte, stand sie Brianne gegenüber.

Sie erstarrte, als Brianne auf ihren Ehemann hinabblickte, der sich in Krämpfen am Boden wand, und danach Leesha anschaute. Ihre Blicke schienen sich eine Ewigkeit aneinander festzusaugen. Zum Schluss nickte Brianne einmal mit dem Kopf. Leesha erwiderte das Nicken, dann machte Brianne kehrt und watschelte in die Hütte zurück.

»Brianne ist mindestens in der siebten Woche schwanger«, erklärte Leesha. »Vor einer Woche erzählte sie es Evin, und kurz darauf verprügelte er sie. Dem Ungeborenen ist nichts passiert, aber bei ihr musste ich zwei gebrochene Rippen und jede Menge Blutergüsse behandeln.«

Bruna reagierte so gleichmütig, als hätte Leesha nichts Bedeutenderes verkündet, als dass es vermutlich bald regnen würde. »Sie hat dich sicher beschworen, niemandem etwas davon zu erzählen«, meinte sie dann.

»Woher weißt du das?«, erkundigte sich Leesha. Bruna wölbte eine Augenbraue und sah sie an, ohne sich jedoch zu einer Antwort zu bequemen.

»Und was hast du unternommen?«, fragte die Alte schließlich.

»Ich stach ihn mit einer Nadel, die ich in Schlupfschlangengift getaucht hatte, und drohte ihm an, beim nächsten Mal würde es ihm noch viel schlechter ergehen«, erzählte Leesha.

Bruna lachte gackernd und klatschte sich mit der Hand auf das Knie. »Das hätte ich nicht besser machen können!«, krähte sie. »Der Bengel wird sie nie wieder anrühren, und ich wette, wenn er dich das nächste Mal sieht, pisst er sich vor lauter Angst in die Hose!«

»Genau das war meine Absicht«, räumte Leesha ein und wurde rot.

»Eines Tages werden meine Kinder bei dir in guten Händen sein«, erklärte Bruna zufrieden.

»Aber hoffentlich nicht so bald«, entgegnete Leesha.

»Nun, ein Weilchen wird es wohl noch dauern«, räumte Bruna mit einer Spur von Traurigkeit ein.

Krasianisches Lexikon

Abban: Ein reicher Händler, ein *khaffit*, der während seiner Ausbildung zum Krieger verkrüppelt wurde.

Alagai: Horclinge, Dämonen.

Alagai'sharak: Der Heilige Krieg gegen die Dämonen.

Amit: Ein verkrüppelter *dal'Sharum* mit einem Holzbein, Abbans erbittertster Rivale im Basar.

Anochs Sonne: Verlorene Stadt, ehemaliges Machtzentrum des Kaji. Man glaubt, sie sei im Sand der Wüste versunken.

Asu: Sohn oder »Sohn des«. Wird als Vorsilbe benutzt, wenn der vollständige Name genannt wird.

Baha kad'Everam: Krasianisches Dorf, berühmt für seine exquisiten Töpferwaren, wurde 306 NR von Dämonen zerstört. Übersetzt bedeutet der Name »Kelch des Everam«. Die Einwohner nannte man »Bahavaner«

Basar, Großer: Handelsbezirk in Krasia. Er wird fast ausschließlich von Frauen und *khaffit* organisiert und besucht, da die Angehörigen der Kriegerkaste und der Geistlichkeit eine Beschäftigung dieser Art als unter ihrer Würde betrachten.

Chabin: Abbans Vater, ein *khaffit*.

Chin: Außenseiter/Ungläubiger. Bezeichnung gilt als schwere Beleidigung, denn damit gibt man zu erkennen, dass man die so bezeichnete Person für einen Feigling hält.

Couzi: Ein hochprozentiger krasianischer Schnaps mit Zimtgeschmack. Das evejanische Gesetz verbietet den Genuss, aber die *khaffit* dürfen ihn herstellen und an die *chin* verkaufen. Trotzdem blüht der Schwarzhandel mit diesem Getränk, denn schon ein kleines, leicht zu versteckendes Fläschchen kann mehrere Menschen in einen Rausch versetzen.

Dal'Sharum: Krasianische Kriegerkaste.

Dama: Die Kaste der krasianischen Geistlichen. *Dama* sind die religiösen und weltlichen Führer Krasias. Sie kleiden sich in weiße Gewänder und tragen keine Waffen. Alle sind Meister des *sharusahk*, des waffenlosen Nahkampfes.

Damaji: Stammesführer/Hohepriester. Ihr Rat stellt die Regierung von Krasia dar.

Dama'ting: Krasianische Priesterinnen und Heilerinnen. Besitzen angeblich magische Kräfte. *Dama'ting* werden von allen Menschen, die nicht ihrem Orden angehören, verehrt und gefürchtet.

Dravazi, Meister: Berühmter Töpfer und Kunsthandwerker aus Baha kad'Everam. Nach seinem Tod wurden seine edlen Keramiken zu begehrten, unermesslich teuren Sammlerstücken.

Everam: Der Schöpfer.

Grüne Länder: Das Gebiet nördlich der krasianischen Wüste.

Jamere: Abbans Neffe, ein *nie'dama*.

Kaji: Der krasianische Anführer, der vor sehr langer Zeit lebte und zunächst die Stämme und dann die damals bekannte Welt in einem Heiligen Krieg gegen die Dämonen vereinte. Man glaubt, er sei der Erste Erlöser gewesen und wird eines Tages zurückkehren.

Kamelpisse: Vulgärer Ausdruck, mit dem man seine völlige Verachtung für etwas oder jemanden kundtut.

Kammer der Unendlichen Qualen: Folterkammer in den Tunneln unter Sharik Hora. Hier werden Ketzer und Verräter gefoltert.

Khaffit: Männer, die bei der Ausbildung zum Krieger versagen und gezwungen sind, ein Gewerbe auszuüben. Niedrigste Kaste in der krasianischen Gesellschaft. Zum Zeichen ihrer Schande müssen sich *khaffit* in gelbbraune Gewänder kleiden wie Kinder und sich den Bart abrasieren.

Nachtschleier: Von den Kriegern getragener Gesichtsschleier, um in der Nacht Eintracht und brüderliche Gesinnung zu demonstrieren.

Nie'Dama: Junge Schüler beziehungsweise Anwärter, die in den Stand der Geistlichkeit aufgenommen werden wollen; in der Ausbildung befindliche *dama*. Wörtlich übersetzt »nicht *dama*«.

Par'chin: Wörtlich »tapferer Fremder«; lediglich Arlen wird so genannt, um anzudeuten, dass er, obwohl ein *chin*, nicht feige ist.

Sharik Hora: Tempel, aus den Knochen der gefallenen Krieger erbaut. Wörtlich »Gebeine der Helden«.

Sharusahk: Die krasianische Kunst des waffenlosen Kampfes.

Schweinefresser: Krasianisches Schimpfwort, gleichbedeutend mit *khaffit*. Nur *khaffit* verzehren Schweinefleisch, da dieses Tier als unrein gilt.

Stämme: Die Bevölkerung Krasias unterteilt sich in 12 Stämme: Anjha, Bajin, Halvas, Jama, Kaji, Khanjin, Krevakh, Majah, Mehnding, Nanji, Sharach und Shunjin. Der Stamm ist Bestandteil des Namens einer Person.

Unterstadt: Riesiges Netz aus mit Siegeln geschützten Kavernen unterhalb von Fort Krasia, in dem nachts die Frauen, Kinder und *khaffit* eingesperrt werden, um sie vor den Dämonen zu schützen, während die Männer kämpfen.

Wüstenspeer: Der krasianische Beiname für die Stadt Fort Krasia.

Grimoire der Siegel

Einführung

Siegel sind magische Symbole, deren Ursprung im Laufe der Zeit in Vergessenheit geriet. Lange hielt man sie für eine Art Aberglauben, doch ihre Macht wurde wiederentdeckt, als die dämo- 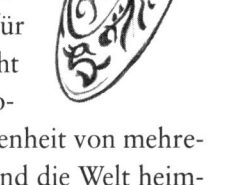 nischen Horclinge nach einer Abwesenheit von mehreren Tausend Jahren zurückkehrten und die Welt heimsuchten.

Die Siegel allein besitzen keine Macht. Aber die Dämonen sind angefüllt mit Horc-Magie, und Siegel saugen einen Teil davon ab, um die so gewonnene Energie gegen die Horclinge einzusetzen. Die gängigsten Siegel sind Schutzsiegel, sie dienen der Verteidigung und Abwehr, doch es gibt auch ein paar Schutzzeichen mit einer anderen Wirkung, und theoretisch kann man für jeden Zweck ein Siegel herstellen, um ein bestimmtes Ergebnis zu erzielen. Erst vor kurzem entdeckten die

Menschen Angriffssiegel, mit denen man Dämonen tatsächlich Schaden zufügen kann, ein höchst bedeutsa-
mer Fund, da Horclinge gegen herkömmliche Waffen
nahezu immun sind und sich von fast jeder Verletzung
sehr schnell wieder erholen.

Schutzsiegel

Schutzsiegel saugen Magie aus den Dämonen, um eine Barriere, einen Bannbereich, zu bilden, welche die Horclinge nicht durchdringen können. Siegel wirken am stärksten, wenn sie gegen die spezielle Dämonenart verwendet werden, für die sie bestimmt sind, und meistens benutzt man sie zusammen mit anderen Siegeln in Schutzkreisen. Wird solch ein Zirkel aktiviert, werden sämtliche Dämonen mit Gewalt aus seinem Wirkungsbereich vertrieben. Beispiele:

Schutzsiegel gegen: Lehmdämonen

Erstmalig erwähnt in: *Der große Basar*

Beschreibung: Lehmdämonen sind beheimatet in den von der Sonne ausgedorrten Lehmebenen am Rande der krasianischen Wüste. Vom Körperbau her gleichen sie einem Hund mittlerer Größe, sie verfügen über kräftige Muskeln und sind durch dicke, überlappende Panzerschuppen geschützt. Ihre kurzen, harten Krallen ermöglichen es ihnen, fast jede Felswand hinaufzuklettern und sogar kopfüber unter einem Vorsprung zu hängen. Dank ihrer orange-braunen Färbung können sie, für einen Betrachter unsichtbar, mit einer Lehmziegelmauer oder einer Lehmfläche verschmelzen. Der stumpfe Kopf eines Lehmdämons ist so hart und widerstandsfähig, dass er nahezu jedes Material zertrümmern kann, er spaltet sogar Stein und zerbeult dünnen Stahl.

Schutzsiegel gegen: Flammendämonen
Erstmalig erwähnt in: *Das Lied der Dunkelheit*
Beschreibung: Flammendämonen besitzen Augen, Nüstern und Mäuler, die in einem trüben orangefarbenen Licht glühen. Sie sind die kleinsten Dämonen, ihre Körpermaße variieren zwischen der Größe eines Kaninchens bis zu der eines kleinen Jungen. Wie alle Dämonen sind sie bewehrt mit langen, gebogenen Krallen und Reihen rasiermesserscharfer Zähne. Ihre Panzerung besteht aus starren, spitzen Schuppen, die einander überlappen. Flammendämonen können in kurzen Stößen Feuer spucken. Ihr feuriger Speichel brennt intensiv, sobald er mit Luft in Kontakt kommt, und kann fast jede Substanz entzünden, sogar Metall und Stein.

Schutzsiegel gegen: Mimikry-Dämonen

Erstmalig erwähnt in: *Das Flüstern der Nacht*

Beschreibung: Mimikry-Dämonen sind die Elite-Leibwächter der Seelendämonen (Horcling-Prinzen), und man hält sie für die intelligentesten und mächtigsten Dämonen, die nur noch von den Prinzen selbst übertroffen werden. Ihre natürliche Form ist nicht bekannt, aber sie sind imstande, die Gestalt eines jeden Lebewesens anzunehmen, einschließlich anderer Dämonenarten, und sie können sogar die Kleidung und Ausrüstungsgegenstände der Menschen imitieren. Diesen Dämonen mangelt es jedoch an Kreativität und Fantasie, deshalb beschränken sie sich normalerweise darauf, sich in Kreaturen zu verwandeln, denen sie selbst begegnet sind (es sei denn, ein Seelendämon leitet sie an). Einer ihrer Lieblingstricks besteht darin, einen verletzten Menschen zu mimen und Qualen vorzutäuschen, um die Beute, auf die sie es abgesehen haben, zu unvorsichtigen Handlungen zu verleiten.

Schutzsiegel gegen: Seelendämonen
Erstmalig erwähnt in: *Das Flüstern der Nacht*
Beschreibung: Seelendämonen, auch als Horcling-Prinzen bekannt, sind die Generäle und Strategen der Dämonen. Körperlich sind sie schwach, und ihnen fehlt fast gänzlich die physische Panzerung, die die anderen Horclinge so unangreifbar macht, dafür besitzen sie ungeheure mentale und magische Kräfte. Sie können in den Verstand eines Menschen eindringen und ihn kontrollieren, sich telepathisch verständigen und kraft ihrer Gedanken töten. Indem sie Siegel in die Luft zeichnen und sie mit der ihnen innewohnenden Magie befrachten, können sie nahezu jede von ihnen gewollte Wirkung erzielen. Die anderen Horclinge, ob groß oder klein, befolgen ohne zu zögern jeden mentalen Befehl, den die Seelendämonen ihnen erteilen, und um ihre Gebieter zu schützen, opfern sie bereitwillig ihr Leben. Da selbst reflektiertes Sonnenlicht ihnen schadet, steigen die Horcling-Prinzen nur in den drei Nächten der Neumondphase an die Oberfläche, wenn die Dunkelheit am tiefsten ist.

Schutzsiegel gegen: Felsendämonen
Erstmalig erwähnt in: *Das Lied der Dunkelheit*
Beschreibung: Felsendämonen sind die Giganten unter den Horclingen, und ihre Größe reicht von sechs bis zwanzig Fuß. Diese ungeschlachten Kolosse gleichen Bergen aus Sehnen und scharfen Kanten, und ihre wuchtigen schwarzen Panzer sind mit knochigen Auswüchsen und Buckeln übersät. Sie bewegen sich in gebeugter Haltung auf zwei mit Klauen bewehrten Füßen, ihre langen, knorrigen Arme enden in Pranken, deren Krallen so groß sind wie Schlachtermesser, und im Maul sitzen mehrere Reihen dolchähnlicher Zähne. Keine bekannte physische Kraft kann einem Felsendämon etwas anhaben.

Schutzsiegel gegen: Sanddämonen
Erstmalig erwähnt in: *Das Lied der Dunkelheit*
Beschreibung: Sanddämonen sind mit den Felsendämonen verwandt, allerdings haben sie kleinere und wendigere Körper. Dennoch gehören sie zu den kräftigsten und am stärksten gepanzerten Horclingen. Ihr Schutzkleid aus winzigen, scharfen Schuppen ist von schmutziggelber Farbe und bietet im körnigen Sand die perfekte Tarnung. Sie laufen auf vier Beinen. Reihen aus in Segmente gegliederten Zähnen ragen aus den Kiefern hervor wie eine Schnauze, während die schlitzförmigen Nüstern weit hinten liegen, direkt unter den großen, lidlosen Augen. Mächtige, von der Stirn ausgehende Knochenwülste schwingen sich in einem Bogen hoch über den Kopf und durchbrechen als spitze Hörner die geschuppte Haut. Sie zucken unablässig mit den Brauen, um ihre Augen frei von dem Sand zu halten, den der ewig wehende Wüstenwind vor sich hertreibt. Sanddämonen jagen in Rudeln.

Schutzsiegel gegen: Schneedämonen

Erstmalig erwähnt in: *Brayans Gold*

Beschreibung: Schneedämonen gleichen von ihrer Gestalt her den Flammendämonen. Sie kommen vor in den kalten Regionen des Nordens und im Hochgebirge. Durch ihr gänzlich weißes Schuppenkleid sind sie im Schnee nicht zu erkennen, und die Flüssigkeit, die sie spucken, ist von so niedriger Temperatur, dass alles, worauf sie trifft, sofort gefriert, noch ehe sie verdunsten kann. Stahl, der mit Frostspeichel in Berührung kommt, wird mitunter so spröde, dass er zerbricht.

Schutzsiegel gegen: Sumpfdämonen

Erstmalig erwähnt in: *Das Lied der Dunkelheit*

Beschreibung: Sumpfdämonen findet man in Sümpfen und im Marschland. Es handelt sich um eine amphibische Form von Baumdämonen, die sowohl im Wasser als auch in den Bäumen zu Hause sind. Sumpfdämonen haben ein grün und braun geflecktes Äußeres, das es ihnen ermöglicht, völlig in ihrer Umgebung aufzugehen. Oftmals verstecken sie sich im Schlamm oder flachen Gewässern, um auf Beute zu lauern. Sie spucken einen dicken, klebrigen Schleim, der jedes organische Material verwesen lässt.

Schutzsiegel gegen: Wasserdämonen

Erstmalig erwähnt in: *Das Lied der Dunkelheit*; tauchen erstmalig auf in: *Das Flüstern der Nacht*

Beschreibung: Wasserdämonen variieren von der Größe her, und man bekommt sie nur selten zu Gesicht. Ihre Körper sind lang und schmal, Hände und Füße besitzen Schwimmhäute und sind mit scharfen Krallen versehen. Atmen können sie nur unter Wasser, aber für kurze Zeit können sie auftauchen. Wasserdämonen können sehr schnell schwimmen und fressen gern Fisch, obwohl ihre Lieblingsbeute warmblütige Säugetiere sind, besonders Menschen, die die Kühnheit besitzen, nachts in einem Boot unterwegs zu sein.

Schutzsiegel gegen: Winddämonen

Erstmalig erwähnt in: *Das Lied der Dunkelheit*

Beschreibung: Winddämonen haben eine Schulterhöhe, die ungefähr der Größe eines hochgewachsenen Mannes entspricht, aber die aus dem Kopf sprießenden rippenähnlichen Fortsätze ragen noch einmal acht bis neun Fuß in die Höhe. Ihre kräftigen, langen Schnauzen gleichen Schnäbeln, doch darin verbergen sich Reihen von fingerdicken Zähnen. Ihre Haut ist ein zäher elastischer Panzer, an dem jede Speer- oder Pfeilspitze abprallt. Diese widerstandsfähige Substanz reicht als dünnere Membran von den Flanken bis an die Unterseiten der Arme und bildet die Flughaut. Die ausgestreckten Schwingen erreichen manchmal die dreifache Größe des Körpers, und an den Gelenken sitzen bösartige, gebogene Krallen, mit denen ein Winddämon im Sturzflug einem Mann den Kopf abtrennen kann. Auf dem Boden bewegen sich Winddämonen langsam und tolpatschig, doch in der Luft beweisen sie eine beachtliche Geschicklichkeit; sie können aus dem Sturzflug heraus angreifen und die Richtung ändern, ehe sie mit dem Boden in Berührung kommen, und so ihre Beute mitnehmen.

Schutzsiegel gegen: Baumdämonen
Erstmalig erwähnt in: *Das Lied der Dunkelheit*
Beschreibung: Baumdämonen hausen in Wäldern. Nach den Felsendämonen sind sie die größten und stärksten Horclinge, und wenn sie sich auf den Hinterbeinen aufrichten, messen sie fünf bis zehn Fuß. Sie besitzen kurze, muskulöse Hintergliedmaßen und lange, sehnige Arme, die sich vortrefflich zum Erklettern von Bäumen und dem Springen von einem Ast zum anderen eignen. Ihre kleinen, aber kräftigen Krallen durchbohren mühelos selbst die dickste Borke. Ihre Panzerung gleicht von der Struktur und Farbe her Baumrinde und sie haben große, schwarze Augen. Normales Feuer vermag Baumdämonen nichts anzuhaben, doch sie verbrennen schnell, wenn man sie in Kontakt mit Substanzen bringt, die eine stärkere Hitze entwickeln, wie Magnesium oder Feuerspeichel. Baumdämonen töten unverzüglich jeden Flammendämon, den sie sehen, und zum Jagen bilden sie oftmals Gruppen, die auch Rotten genannt werden.

Kampfsiegel

Kampfsiegel saugen Magie von einem Dämon ab, schwächen an der Kontaktstelle seinen Schutzpanzer und formen die gewonnene Energie in eine offensive Kraft um. Diese Kraft kann auf unterschiedliche Weise wirken. Einige Beispiele:

Kampfsiegel: Stoß/Schlag

Erstmalig erwähnt in: *Das Lied der Dunkelheit*

Beschreibung: Dieses Siegel verwandelt die Horcling-Magie in eine Kraft, die die Wucht eines Aufpralls oder einer Erschütterung verstärkt. Je heftiger der ursprüngliche Hieb geführt wurde, umso mehr Energie wird zurückgeworfen. Dieses Siegel kann auf jeder stumpfen Waffe angebracht werden.

Kampfsiegel: Schneiden
Erstmalig erwähnt in: *Das Lied der Dunkelheit*
Beschreibung: Ritzt man dieses Siegel in eine Klinge ein, wird diese schärfer, und die Waffe zerschneidet glatt den Panzer und das Fleisch eines Horclings.

Kampfsiegel: Druck

Erstmalig erwähnt in: *Das Lied der Dunkelheit*

Beschreibung: Von Drucksiegeln geht eine gewaltige Presskraft mit einer immensen Hitzeentwicklung aus. Diese Energie verstärkt sich, je länger das Siegel in Kontakt mit einem Dämon bleibt. Der Tätowierte Mann hat in jede Handfläche eines dieser Siegel eintätowiert, und im Buch wird beschrieben, wie er damit den Kopf eines Dämons zusammendrückt, bis der Schädel platzt.

Andere Siegel

Man kennt viele Siegel, von denen man nicht weiß, wozu sie dienen, denn irgendwann im Lauf der Zeit geriet ihre Bedeutung in Vergessenheit. Um sie zu testen, muss man sie mit einem Dämon in Kontakt bringen, und verständlicherweise mangelt es an Freiwilligen, die bereit wären, auf diesem Gebiet zu forschen. Ein paar Beispiele:

Joe Abercrombie

Ein Barbar ... Ein Inquisitor ... Ein Magier ...
Wider Willen vereint im Kampf um die Zukunft eines Reichs
und gebunden durch ein uraltes Geheimnis, über dem die Magie
aus den Anfängen der Zeit weht. Dies ist das definitive Fantasy-Epos
von einem der neuen Stars der phantastischen Literatur!

»So packend realistisch, zynisch und bissig im positiven Sinn,
wie es dem Genre schon lange gefehlt hat.« SF Chronicle

978-3-453-53251-9

Kriegsklingen
978-3-453-53251-9

Feuerklingen
978-3-453-53253-3

Königsklingen
978-3-453-53252-6

Racheklingen
978-3-453-52522-1

Heldenklingen
978-3-453-52523-8

Blutklingen
978-3-453-31483-2

Leseproben unter: **www.heyne.de**

HEYNE ‹

Brandon Sanderson ist der J.R.R. Tolkien des 21. Jahrhunderts

Roschar ist eine sturmumtoste Welt, die über Jahrtausende von übermenschlichen Kriegern regiert wurde, deren Schwerter jedes Leben auslöschen konnten. Doch die magischen Krieger sind verschwunden und Roschar droht zu zerfallen. Das Schicksal der Welt liegt nun in den Händen derer, die es wagen, die magischen Schwerter zu ergreifen ...

Brandon Sanderson
Der Weg der Könige
Heyne Hardcover
ISBN 978-3-453-26717-6

Der Pfad der Winde
Heyne Hardcover
ISBN 978-3-453-26768-8

**Jeweils auch als
E-Book erhältlich**

Leseproben unter
www.heyne.de

DRACHENELFEN

Das neue Elfen-Epos von Bestsellerautor Bernhard Hennen

In einer Epoche voller Intrigen und Verrat wird sich das Schicksal der Elfen für immer verändern ...

In *Drachenelfen* entführt Bernhard Hennen seine Leser erneut in das atemberaubende Universum der Elfen und lüftet das lange gehütete Geheimnis der sagenumwobenen Drachenelfen.

Heyne Hardcover
ISBN 978-3-453-26658-2

Heyne Hardcover
ISBN 978-3-453-53345-5

Erhältlich auch als E-Book und Hörbuch
Lese- und Hörproben unter www.heyne.de

HEYNE ‹